꾸무스따 까! 나는 조선인입니다

바람청소년문고12

꾸무스따 까! 나는 조선인입니다 KBBY 추천, 월간 책씨앗 선정, 아침독서신문 선정

펴낸날 초판 1쇄 2021년 3월 12일 | 초판 3쇄 2023년 7월 21일

글쓴이 이상미 | **표지그림** 최용호
편집 박종진 | **디자인** 김윤희 | **홍보마케팅** 배현석 송수현 | **관리** 최지은 이민종
펴낸이 최진 | **펴낸곳** 천개의바람 | **등록** 제406-2011-000013호
주소 서울시 영등포구 양평로 157, 1406호
전화 02-6953-5243(영업), 070-4837-0995(편집) | **팩스** 031-622-9413
 | ISBN 979-11-6573-135-9 43810

· 표제 '꾸무스따 까' 및 이야기 속 입말글은 원작자의 의도를 존중하여 국립국어원 표기법을 따르지 않았음을 밝힙니다.

· 이 책은 2020년 부산광역시 부산문화재단의 지역문화예술특성화지원사업에 선정되어 발간되었습니다.

부산문화재단 부산광역시 BUSAN METROPOLITAN CITY

제조자 천개의바람 **제조국** 대한민국 **사용연령** 11세 이상

꾸무스따 까!
나는 조선인입니다

이상미 글

차례

1

홍어잡이

시퍼런 새벽, 옥문은 눈을 떴다. 동생 돌이의 숨소리가 새근새근 들렸다. 간밤에 챙겨둔 보퉁이를 끌어안고, 문고리를 살짝 밀었다. 댓돌 위로 내려서니 한겨울 바람이 와락 달려들었다. 온몸의 털들이 오소소 서는 듯했다.

마당을 살금살금 딛던 옥문은 싸리문 앞에서 뒤돌아섰다. 그리고 작은아버지 방을 향해 넙죽 엎드렸다.

'다녀올게요. 저 없는 동안 우리 돌이 좀 잘 돌봐주세요. 은혜는 꼭 갚을랑께요.'

옥문은 동생이 잠든 방을 쳐다보았다. 코끝이 시큰했다. 이내 머리를 내저으며 싸리문을 밀었다. 잰걸음으로 집을 벗어나 옷고름이 휘날리도록 달렸다.

선착장에는 무청과 중원이 활활 타오르는 모닥불을 쬐고 있었다.

"헉헉! 저 왔어요."

가슴을 들썩거리며 옥문이 머리를 꾸벅 숙였다.

무청이 턱짓으로 순득 아재를 가리켰다.

"순득 아재!"

옥문의 목소리에 순득 아재가 손을 들어보였다. 그리고 무청과 중원한테 소리쳤다.

"아우들, 해 뜰 때쯤이면 물이 들어오것어. 슬슬 움직여 보자고."

무청이 끙 소리를 내며 일어섰다.

"성님은 막 장가든 새신랑인디, 각시랑 떨어져도 괜찮겄소?"

엉덩이를 탈탈 털어내던 중원도 함께 놀렸다.

"형수님 보고 싶다고 바다에 몸 던지지 마소!"

순득 아재가 맞받아쳤다.

"보름 뒤면 돌아올 건디, 뭔 싱거운 소리여. 실없이 굴지 말고 손발이나 잘 맞춰."

옥문은 아재들이 주고받는 말을 가만히 듣기만 했다.

"아따, 물때까지 요로코롬 딱 맞으니, 요번 뱃길도 징조가 좋은디!"

옥문은 등 뒤에서 나는 말소리에 얼른 돌아보았다. 지게를 둘러맨 소금장수가 허연 입김을 내뿜으며 서 있었다. 그는 서해 바다 소금을 전국에 팔러 다녔다. 우이도 사람들은 그를 통해 뭍의 소식을 듣곤 했다. 구수한 입담을 가져서 어른도 아이도 소금장수가 이제나 저제나 나타나길 늘 기다렸다. 옥문도 마찬가지였다.

소금장수가 순득 아재에게 다가가 지게를 쑥 내밀었다.

"이 정도면 충분하겄제?"

순득 아재가 지게에 담긴 짚더미와 솔가지를 힐끗 보고 말했다.

"워따, 애썼구먼요. 넉넉하니 이엉도 올리고, 홍어 삭힐 때도 쓰겄어라."

우두커니 서 있던 옥문이 끼어들었다.

"땔감은 이틀 전에 미리 실어 놨어요. 사나흘 밥 해 먹고도 남을 건디요."

"허허, 우리 옥문이가 벌써부터 지 몫을 해내구마잉. 올해는 바람이 매서워서 홍어들이 잔뜩 몰려 오겄어야. 잘해 보더라고!"

소금장수가 옥문의 어깨를 툭 쳤다. 옥문은 히죽 웃었다. 그 모습에 무청은 입을 삐죽였고, 중원은 조용히 웃었다.

순득 아재는 일렁이는 배에서 눈을 떼지 않았다.

차라락, 차라락! 몰려온 바람이 지게의 짚더미를 훑었다. 지푸라기 서너 올이 풀어지면서 마을 쪽으로 날아갔다.

멍한 눈길로 바라보던 옥문은 마을 깊숙이 자리한 작은아버지 집을 떠올렸다.

"뭐? 뭐시라고야? 겨울철 뱃길을 따라 나선다고? 아이고, 아서라! 네 나이가 몇인디. 이제 포도시 열두 살이여. 열두 살!"

"그래, 작은아버지 말씀 들어야. 뭍에 있는 대갓집 머슴살이 가면 배도 곯지 않고 품삯도 받을 건디, 웬 고집이여? 돌이 생각해서라도 머슴살이가 낫당께."

작은아버지와 숙모는 홍어잡이 가겠다는 옥문을 한사코 말렸다. 그래도 옥문은 입을 앙다문 채 머리만 흔들었다.

'아무리 배가 고파도 머슴살이는 안 한당께요. 절대로요!'

다시 바람이 세차게 불어오자, 지푸라기 뭉치가 마구 풀어지면서 날아갔다.

"시방 뭐 하고 자빠졌냐! 얼른 지푸라기 잡아서 싸매!"

무청이 소리쳤다. 옥문은 화들짝 놀라더니 몸을 잽싸게 틀었다. 바닥에 널린 가마니로 우선 짚더미를 눌렀다. 그리고 주변을 살폈다. 어느새 동틀 시간이 가까워졌는지 어둑했던 선착장 주변이 푸르스름했다.

"물이 들어오구먼. 배도 올라왔으니 고사 준비하세."

순득 아재의 말에 다른 아재들이 선착장의 짐들을 배로 옮기기 시작했다. 옥문도 물지게를 둘러맸다. 그러다 짐 사이로 쥐들이 쪼르르 흩어지는 걸 보았다.

"웬 쥐생원이지? 뭐 먹을 게 있다고?"

옥문은 꼬리를 낮추고 달음박질치는 쥐들을 빤히 보았다. 맨 끝에서 무리를 쫓아 달리던 쥐가 멈칫하더니 몸을 돌렸다. 옥문을 쳐다보는가 싶었는데 다시 몸을 틀어 달아났다.

'방향을 잘못 알고 저리 허둥대나? 쥐가 뭔 말을 하고 싶은 것처럼 보이구만.'

고개를 갸우뚱거리는 옥문을 무청이 툭 밀쳤다.

"하, 이놈 보게! 또 넋을 빼고 있네? 정신 안 차릴래!"

옥문은 휘청거렸다. 그러거나 말거나 항아리를 둘러멘 무청은 옥문을 쓱 지나쳐 배에 올랐다. 일렁거리는 물결 따라 배가 꿀렁꿀렁 움직여도 무청은 태평스레 걸었다.

옥문도 물지게를 걸머지고 서둘러 뒤따랐다. 배 위로 두 발을 디딜 때였다. 갑자기 물결이 일렁거렸다. 그 바람에 옥문의 어깨가 한쪽으로 휙 기울었고, 한쪽 무릎이 꺾어지면서 윽! 하고 짧은 신음을 내뱉었다. 쓰러질 뻔했는데 겨우 버텼다. 그때 다시 밀려온 물결에 배가 흔들렸다. 옥문은 넘어지지 않으려고 갑판을 다다닥 재게 굴렀다.

그러다 발목을 홱 젖혔다. 빠작! 옥문은 나동그라졌고 물지게는 박살이 났다. 물이 쏴르르 쏟아졌다.

"아이고, 벌써부터 사고를 치네. 뱃바닥에 물 채워서 헤엄칠라고야?"

뒤돌아본 무청이 비꼬아 말했다.

옥문은 허겁지겁 배 밖으로 물을 퍼냈다. 손가락 사이로 물이 새어 나갔다. 손끝이 아리고 시렸다.

배 지붕에서 이엉을 올리던 소금장수가 얼른 다가왔다.

"발목을 젖힌 것 같던디, 어쩌냐? 괜찮은 거여?"

옥문은 말없이 고개만 끄덕였다. 발목이 욱신거렸지만, 아무렇지 않은 척했다.

순득 아재는 그런 옥문을 못 본 척하며 소금장수에게 물었다.

"우이도에서 태사도까지 하루 반나절이면 도착하겄지라?"

소금장수가 옥문에게서 눈길을 떼고 순득 아재에게 대꾸했다.

"지금 출발하면 먼저 간 홍엇배랑 손발이 맞겄는디. 홍어는 많이 잡았겄제?"

"그랑게요."

순득 아재가 짧게 대답하고는 옥문을 불렀다.

"옥문아, 하던 것 마저 해 놓고 항아리부터 묶어 놔라. 그것이 젤로 중한 일이여."

옥문은 말귀를 못 알아듣고 눈만 끔벅거렸다. 소금장수가 조곤조곤 알려주었다.

"잡은 홍어를 항아리에다 삭혀서 나주 장터에 가져다 판단 소리여. 항아리가 깨지면 말짱 헛일 아니냐. 긍께 잘 묶어놓으란 말이제."

옥문이 그제야 눈웃음을 짓더니 손바닥을 비볐다.

물지게 나르는 일보다야 쉽겠지 했는데, 만만치 않았다. 항아리 겉이 미끄러워서 새끼줄이 자꾸 풀렸다. 옥문은 계속 끙끙거렸다. 와락 몰려온 바람에 옥문의 어깨가 파르르 떨렸다. 소금장수가 그 모습을 보고 옥문의 소매를 문질렀다.

"워메, 저고리가 너무 얇은디. 여벌 옷 있당가? 옥문이한테 입혀야 쓰것네."

"쯧쯧, 홍어잡이 나가겠단 거여, 놀러 가겠단 거여. 여태 섬에 살아 놓고 바다에서 맞는 겨울바람이 더 시린 것도 몰랐냐?"

무청이 핀잔을 주며 대나무 소쿠리를 뒤적거렸다. 곧 저고리 하나를 휙 던졌다. 옥문은 덥석 받아서 입고 있던 옷 위로 껴입었다. 가슴팍이 헐렁했고, 소매는 길어서 너풀거렸다.

"아재, 고맙습니다. 한 겹 더 입으니 칼바람도 견디겠어요."

"……."

무청은 아무 대꾸도 안 했다.

옥문은 손등까지 내려온 기다란 옷소매를 척척 접었다. 문득 돌이의 낡은 옷이 생각났다. 올해 여덟 살이 된 돌이는 부쩍 자랐다. 그 탓에 윗도리 품이 꽉 끼었고 바짓단도 껑충 올라갔다.

'돌아, 이번 설엔 꼬까옷 입혀 줄 테니 심술부리지 말고 얌전히 기다려.'

짐을 다 나르고 한숨 돌릴 때였다. 선착장의 나무 발판을 내딛으며 호겸 어른이 나타났다. 순득 아재의 삼촌인 호겸 어른은 멀리서 보면 머리카락에 눈이 쌓인 듯했다. 머리가 온통 하얬다.

"여기, 배서낭이여. 정성껏 모셔라잉."

호겸 어른이 빨강, 노랑, 파랑 실로 친친 감은 마른 명태를 건넸다.

순득 아재가 배서낭(남쪽 해안 지역에서, 배 고사 때 모시는 배의 신을 일컫는 말)을 조심히 받아들었다.

가만히 지켜보던 옥문은 소금장수에게 작은 소리로 물었다.

"어째서 명태를 배서낭으로 받든당가요?"

"허허, 누가 애 아니랄까 봐 호기심은. 원래 명태란 것이 살아서는 깊은 바다를 누볐당께. 바다의 모든 걸 꿰뚫어 보면서 살았단 말이여. 그런 눈 밝은 명태가 우리가 지나는 뱃길도 밝혀 줄 거라 믿는 거제."

옥문은 고개를 끄덕였다.

순득 아재는 배서낭을 배의 기둥에 단단히 묶었다. 지붕에는 싸리나무와 지푸라기가 얼기설기 엮여 있었다.

호겸 어른이 힘주어 말했다.

"배서낭이 우리를 지켜주것지만, 부정 타는 일 없도록 다들 조심혀."

"휘파람도 불지 말고, 날씨 좋다는 말도 뱉지 말고. 하늘이 시샘 않도록 조심 또 조심해야지라."

무청이 누구 들으라는 듯 소리쳤다.

옥문은 입을 쭈뼛거리더니 조그맣게 대꾸했다.

"생선구이도 뒤집어 먹으면 안 된다 하던디요? 배가 뒤집어 진다고요."

호겸 어른이 빙그레 웃었다.

소금장수가 옥문의 등을 툭 치며 말했다.

"와따! 옥문이도 잘 알구마잉. 자, 배서낭도 모셨으니 고사 지내고 어여 바다로 나가잔께요. 몸이 근질근질하당께요."

수평선에서 해가 삐쭉하니 올라왔다. 호겸 어른이 고사 상 앞에서 절을 올렸다.

"하늘이여, 용왕이여, 배서낭이여. 신유년 겨울, 우이도의 여섯 사람이 홍어잡이 떠납니다. 탈 없이 돌아오도록 비나이다. 빌고 비나이다. 빌고 비나이다."

상에 놓인 촛불이 바람에 흔들렸다. 향도 모락모락 피어올랐다. 향내가 옥문의 코로 스며들었다.

'머슴살이 말고 홍어잡이 나섰어요. 돌이한테 설빔 입히고 싶응께 도와주셔요.'

옥문은 감고 있던 눈을 살그머니 떴다. 삼색 실에 감긴 배서낭의 눈이랑 딱 마주쳤다. 가슴이 들뜨고 두근두근했다.

고사가 끝나자, 순득 아재가 오른팔을 힘차게 들었다.

"배 띄워라! 돛을 올려라!"

하늘에 닿을 것만 같은 큰 소리에 아재들이 따라서 외쳤다. 옥문도 같이 소리쳤다.

"배 띄워라! 돛을 올려라!"

세 개의 돛 가운데 두 개를 활짝 펼쳤다. 배가 서서히 움직이기 시작했다. 바다 쪽에서 바람이 불어와, 옥문의 저고리 앞섶이 펄렁펄렁 춤을 추었다.

옥문은 멀어지는 우이도를 바라보았다. 선착장의 당산나무가 점점 작아졌고, 누렇게 펼쳐진 모래 언덕도 얄따라니 차츰 보이지 않았다. 금빛 햇발만 바닷물 위에서 춤추듯 일렁거렸다.

옥문은 해가 뜬 동쪽 하늘을 향해 중얼거렸다.

'나리, 한번 부딪혀 보렵니다.'

하뭇이 웃어주던 손암 선생 얼굴이 바람처럼 다가왔다가 스르르 멀어졌다.

2

모래 언덕에 부는 바람

우이도 선착장에 커다란 배가 들어왔다. 선착장 주변을 어슬렁거리던 옥문은 낯선 배를 뚫어져라 쳐다보았다. 홍어 장수인 순득 아재가 지나가며 물었다.

“여서 뭐한다냐? 엊그제 땔감 손질하더만? 다 팔았냐?”

옥문은 대답도 잊은 채 오히려 되물었다.

“아재, 우이도는 큰 섬도 아니고 먹을 것도 시원찮은디 뭐한다고 외국 배랑 죄 지은 양반까지 다 들어온대요?”

“하하, 시방 마을 걱정하냐? 네가 벌써 이만치 자랐는갑다잉.”

옥문은 뒷목을 쓱쓱 비벼댔다.

순득 아재는 선착장 주변을 휘 둘러보며 말을 이었다.

"예전에 이곳 우이도가 청나라로 가는 배들로 득시글했시야. 근디 해적들이 하도 극성을 부려서 한동안 뜸해졌제. 인자 해적이 잠잠한께 다시 물과 식량을 얻으려고 들르는 거시여. 우리야 물건 구경도 하고, 우리 것 팔고 하니 좋은 거제."

"아, 그라믄 흑산도로 유배 가던 양반들은 왜 눌러 앉는디요?"

"흑산도보다 우이도가 뭍이랑 쪼매 안 가깝냐. 나 같아도 여기 머물겄구만."

"아…, 근디요. 양반들은 뭔 잘못을 저질렀기에……."

옥문은 말을 잇지 못했다. 순득 아재가 옥문의 말허리를 뚝 잘랐다.

"옥문아, 우리 삼촌과 너희 아버지가 가족처럼 지낸 거 알제?"

"예……."

옥문은 바다에서 돌아가신 아버지 생각에 두 눈을 씀벅거렸다.

"삼촌이 너랑 돌이 걱정을 많이 하더라. 먹고 살게끔 도와줘야 한다고."

"안 그래도 숙모가 뭍에 가서 머슴살이 살라고 들볶는당께요. 머슴살이는 죽어도 가기 싫은디……."

순득 아재가 옥문을 쓱 훑어보았다.

"머슴살이 싫으면 어쩌냐? 나 따라서 장사라도 배워 볼 텨? 안 그래도 거들어 줄 사람이 필요한 참인디."

"장사요? 홍어잡이 따라가야 장사도 배우것지요?"

"글치! 어째, 해 볼려?"

옥문은 선뜻 대답하지 못했다. 아버지가 땔감을 팔러 뱃길로 나섰다가, 풍랑 속에 돌아가셨기 때문이다. 어머니도 일찍 돌아가셔서 동생 돌이와 작은집에 얹혀살았다.

숙모의 눈총을 피해서 옥문은 밖으로만 나돌았다. 선착장에서 얼쩡거리다가 순득 아재랑 더러 부딪히기도 했다. 아재는 낯선 외국인들과 손짓과 표정으로 대화를 나누곤 했다. 그리고 종종 유배 온 양반들을 챙겼다.

옥문은 한두 차례 유배 왔다 돌아간 양반들과 마주친 적이 있었다. 별말을 섞어 보진 않았고, 스치듯 지나치곤 했다. 하지만 이번에 유배 온 양반은 달랐다. 바깥나들이를 자주하는지 벌써 몇 번이나 보았다. 그때마다 옥문은 꽁지 빠지게 달아났다. 작은아버지가 단단히 주의를 주었기 때문이다.

“흑산도로 유배 가던 양반이 여기 눌러 앉았단다. 그 양반이 천주쟁이라는구만. 옥문이 너, 마주치지 않도록 조심해라잉. 천주교가 어쩌고저쩌고 말만 나눠도 관가에 잡혀가 흠씬 두들겨 맞응께.”

어느 날, 옥문은 모래 언덕과 맞닿은 갯벌에서 유배 온 양반이랑 딱 마주치고 말았다.

“아오, 오늘따라 뭔 일이당가. 조개껍데기도 안 보이네잉.”

질척거리는 갯벌을 뒤집던 옥문이 하늘을 올려다보았다. 마음이 바빴다. 해 지기 전에 조개를 더 캐려고 다시 허리를 숙였다. 그때 바람이 몰려왔다. 모래 언덕 위로 먼지가 부옇게 피어오르더니 누런 기둥이 만들어졌다. 모래 기둥은 춤추듯 빙빙 돌아다녔다. 그 사이를 유배 온 양반이 팔로 얼굴을 가린 채 걸어 다녔다.

“저 양반은 왜 혼자 어슬렁거린당가?”

옥문이 중얼거리는데, 양반이 슬금슬금 옥문이 쪽으로 다가왔다.

옥문은 가슴이 두근댔다. 돌림병에 걸린 사람을 만난 기분이었다. 눈치껏 도망가려는데 발이 마음처럼 쉽게 떨어지지 않았다.

옥문은 끙 하며 허리를 비틀었다. 어느 틈에 양반이 옥문 앞에 와 있었다.

"뭘 좀 잡은 게냐?"

옥문은 우뚝 멈췄다. 머리를 슬그머니 내리깔고 바구니만 내보였다.

"저런, 찬거리도 안 되겠구먼. 어쩌누!"

다정한 말투에 옥문은 얼떨떨했다. 파헤친 갯벌 구멍만 뚫어져라 바라보았다.

'어쩔까? 튈까? 발이 빠질랑가?'

옥문이 발가락을 꼼지락거리며 고민에 빠진 찰나, 거친 숨소리가 들렸다.

"어이구야! 나리, 여기 계셨어라. 한참 찾았구만요. 어라? 옥문이 너도 있었냐?"

옥문은 순득 아재에게 꾸벅 인사를 했다. 아재가 게슴츠레 눈을 뜨며 물었다.

"뭔 일이냐? 손암 나리만 보면 줄행랑을 치던 녀석이?"

순득 아재가 히죽 웃었다.

옥문이 조용히 가슴을 쓸어내리자, 순득 아재가 한 마디를 던졌다.

"앞으론 손암 나리를 깎듯이 뫼셔라. 알았제?"

옥문은 얼떨결에 끄덕하며 고갯짓을 하고 말았다.

그 뒤로 며칠 만에 손암 선생과 또 마주쳤다.

하늘에 붉은 빛이 가득 퍼졌던 때였다.

옥문은 바닷가에서 파도 따라 밀려온 미역을 거두느라 부지런히 손을 놀렸다. 누가 곁에 왔는지 돌아볼 새도 없었다.

"오늘따라 노을이 참 곱구나. 내일도 맑으려나?"

손암 선생이 해 지는 노을을 바라보고 있었다.

옥문은 손놀림을 멈추고 벌떡 일어섰다. 어째야 하나 잠깐 고민하더니, 자연스럽게 다시 미역을 매만졌다. 그러면서 중얼거렸다.

"섬에선 해 질 때 보이는 붉은 노을을 반긴당께요."

"오, 그래? 까닭이 뭔고?"

손암 선생이 되물었다.

"서쪽 하늘이 붉으면, 다음 날이 맑으니깐요."

"오호, 그래? 그럼 비가 오는 것도 아느냐?"

옥문은 허리를 수그린 채 손암 선생을 힐끔 쳐다보았다.

'모르는 게 없는 양반일 텐데, 까막눈인 나한테 왜 자꾸 물어보지?'

손암 선생이 바싹 다가왔다. 옥문은 흠칫하며 몸을 뒤로 뺐다.

"그, 그야 아기들이 손나발을 불거나, 노인들의 팔다리가 쑤시면 비가 오겠지요. 지렁이가 땅 위로 올라와도 비가 올 테고요."

옥문은 덤덤한 척 또르르 말린 미역을 죽죽 잡아당겼다.

손암 선생이 다시 물었다.

"그럼, 해가 뜰 때 동쪽 하늘에 붉은 빛이 흩뿌려지면 어찌 되느냐?"

"흠, 그건 낮에 비가 올 징조인디요. 여름엔 태풍이 오거나 엄청난 비가 내리더만요."

옥문의 대답과 함께 바람이 불었다. 모래 언덕의 모래들이 부르르, 부르르 날렸다.

손암 선생의 옷고름도 흔들렸다. 그러거나 말거나 손암 선생은 말을 이었다.

"날씨를 안다는 것은 하늘을 항상 살핀다는 게지."

"하늘이야 늘 쳐다보지요. 물질을 할지, 배를 띄울지 결정을 하려면요. 근디……."

옥문은 말을 하다 말고 멈칫했다. 손암 선생이 옥문을 빤히 쳐다보고 있었다.

"흠, 흠! 근께 거시기……, 저… 하늘이 바뀌는 건 왜 그런지요?"

옥문은 저도 모르게 말대답을 하다가 그만, 손암 선생에게 질문을 했다.

손암 선생이 숨을 들이마셨다가 길게 내쉬었다.

"바람 때문이지. 바람은 구름을 몰아서 비가 내리게 하거나, 구름을 흩어지게도 한단다. 해 지는 서쪽 하늘이 붉은 건 물기 없는 바람이 동쪽으로 몰려갔기 때문이야. 세상을 바꾸는 건 모두 바람의 힘이란다."

옥문은 눈을 커다랗게 떴다.

"아, 바람이 날씨를 바꾼다니 희한하네요. 어른들은 아침에

이슬이 맺히면 맑다 하고, 밤하늘에 달무리가 지면 다음 날 비가 온다고 하던디요."

옥문이 또박또박 말하자, 이번에는 손암 선생의 눈이 휘둥그레졌다.

"허허, 경험한 자들의 깨달음이로다. 그저 책상머리에만 앉아 익힌 자들은 쫓아갈 수 없겠구나."

손암 선생이 갑자기 몸을 내밀어 옥문의 손등을 잡았다. 옥문은 화들짝 놀랐다. 누가 볼 새라 사방을 휘둘러보고는 헛기침을 캑캑했다. 그러면서 슬그머니 손을 빼냈다.

'이 양반이 왜 이런당가? 천주신이라도 붙이려나?'

손암 선생이 환하게 웃었다.

"사람은 저마다 특별하다는데, 옥문이 너는 영특함을 지녔구나. 하하하!"

멀뚱멀뚱 손암 선생을 보던 옥문은 문득 소금장수 말을 떠올렸다.

'천주쟁이들은 하늘 아래 모든 사람은 귀하다면서, 천한 것으로 나누지 않고, 먼 훗날엔 평등한 세상이 올 거라 믿는다더만.'

옥문은 하늘을 올려다보았다. 손암 선생에게 묻고 싶은 게 많았지만 꾹 참았다.

며칠 뒤, 옥문은 물이 빠진 개펄에서 조개를 캐고 있었다. 저 멀리서 손암 선생이 잰걸음으로 다가와 다짜고짜 저고리 소매를 접었다. 그리고 대님도 풀고 바짓단도 척척 걷어 올렸다.

"어디, 오늘은 나도 좀 캐 볼까?"

"아, 아니, 나리. 펄에 막 들어오시믄 옷이……."

옥문이 말리기도 전에, 손암 선생은 맨발로 성큼성큼 뛰어들었다. 모래펄을 이리저리 뒤지다가 돌멩이를 휙휙 들어냈다.

"잡았다. 요놈!"

손암 선생이 손을 번쩍 들었다. 그 모습에 옥문은 콧방귀를 뀌었다.

"아따, 나리. 고놈은 먹지 못하는 불가사리랑께요."

"불가사리? 요 녀석을 이리 가까이서 보니 참 신비한 색을 지녔구나."

손암 선생은 불가사리를 눈앞에 갖다 대고 요리조리 살폈다. 옥문은 소쿠리에다 조개를 툭 던져 넣으며 대꾸했다.

"불가사리는 '바다의 해적'이라 하는디요. 조갯살을 야금야금 빨아 먹어서 그놈이 지나간 자리엔 조개 씨가 말라버린당께요."

손암 선생은 불가사리를 살며시 놓아주며 말했다.

"당장은 피해만 주는 불가사리라도 언젠가 쓸모 있는 존재로 바뀔 수 있을 터. 불가사리에 대한 글을 써둬야겠구나. 내친 김에 저기 소나무가 죽어가는 까닭도 글로 써서 관가에 보내야겠어."

손암 선생이 모래 언덕으로 눈길을 돌리자, 옥문은 고개를 갸웃하며 물었다.

"소나무 이파리와 삭정이로 땔감을 만드는데, 뭔 문제가 있당가요?"

"암! 잎과 가지를 자꾸 걷어 내면 소나무는 깡그리 말라죽을 게다. 그리되면 모래 언덕의 모래도 심하게 날릴 거고."

"모래바람이랑 나무하고 뭔 상관인디요?"

"나무의 뿌리가 흙을 붙잡아두는데, 나무가 죽어버리면 모래가 날릴 수밖에."

"아, 나무가 없어지면 모래 알갱이만 겁나게 날린다는 거당가요?"

"잘 알아들었구나. 다른 사람들도 말귀가 통하면 훨씬 나은 신세로 살아갈 텐데."

손암 선생의 칭찬에 옥문은 뒷목을 벅벅 긁었다. 문득 소금 장수한테 들었던 옛날이야기가 떠올랐다.

"생쥐 덕분에 신세가 바뀐 젖머슴 이야기를 아신당가요?"

"젖머슴 이야기? 어디 한번 말 보따리를 풀어 보려무나."

"음……. 근께요, 옛날에 큰 머슴 따라 나무하러 간 젖머슴이 '어젯밤에 희한한 꿈을 꿨어.' 하고 말했당께요."

"어떤 꿈이었을꼬?"

손암 선생이 귀를 쫑긋 세웠다.

"큰 머슴도 나리처럼 물었는디요. 젖머슴은 큰 머슴더러 지체가 낮아서 말해 줄 수 없다 했어요. 배알이 꼴린 큰 머슴이 주인 양반한테 냉큼 일러바쳤지요. 주인은 '내가 집안 어른이니 네 꿈을 말해 보아라.' 했지요. 근디 젖머슴이 이번에도 능청스럽게 '영감마님도 자격이 없어요.' 했대요."

"저런! 양반한테 대들었으니 매찜질을 당했겠구나."

손암 선생이 툭 끼어들었다.

옥문은 고개를 끄덕였다.

"당연하지요. 주인 양반은 젖머슴의 버르장머리를 고치겠다며 광에 가뒀어요. 이 사건은 사람들 입을 통해 고을 사또 귀에도 들어갔고, 사또도 심심풀이 삼아 젖머슴을 관아로 불렀어요. '고을에서 가장 높은 내겐 말할 거지?' 했더니……."

손암 선생이 먼저 대답했다.

"'자격 없습니다.' 했구나."

"헤헤, 맞당께요."

옥문은 손암 선생이 제 이야기에 장단을 맞춰주니 아주 신이 났다. 소금장수처럼 얼굴 표정과 목소리도 바꾸며 너스레를 떨었다.

"매를 맞은 젖머슴은 옥에 갇혔어요. 소문은 바람을 타고 궁궐까지 날아갔지요."

'궁궐'이란 말에 그때껏 웃음 짓고 있던 손암 선생의 얼굴이 굳어졌다. 옥문은 아차하며 멈칫했다.

손암 선생은 옥문의 마음을 알았는지 이내 굳은 표정을 풀더니 옥문의 어깨를 톡톡 두드려주었다.

"너는 이야기를 풀어내는 전기수로 살아도 좋겠구나. 남은 이야기도 마저 해 보거라."

"예…, 젖머슴은 나라님 앞에서도 입을 꾹 다물어 결국 옥에 갇혔대요. 옥지기가 건네는 주먹밥으로 하루하루 버티다 보니, 금세 열여섯 살이나 되었죠. 하루는 쥐 한 마리가 다가와 떨어진 밥알을 주워 먹기에 '쥐라도 키워볼까!' 하며, 밥알을 남겨줬대요."

손암 선생이 끼어들었다.

"쥐가 사람으로 변해서 해코지할 건데."

"아녜요. 더 들어 보세요. 밥을 주니 쥐가 자꾸 나타났지요. 젖머슴은 쥐를 강아지처럼 키웠어요. 어느 날, 낯선 쥐가 와서 밥알을 주워 먹기에 꼬리를 잡고 내동댕이 쳤지요. 쥐가 찍하고 죽으니까, 키우던 쥐가 쪼르르 달려와 죽은 쥐의 배꼽에 손톱만 한 비늘을 붙였어요. 그러자 신기하게도 죽은 쥐가 다시 살아났어요. 젖머슴은 '이게 뭔일이당가? 혹시 저 비늘로 사람도 살릴까?' 하며 비늘을 챙겨뒀지요. 그런데 때마침 옥지기가 딸이 다 죽게 생겼다며 슬퍼했어요. 그 말을 듣고 젖머슴이 비늘로 살려 냈어요. 얼마 후 공주님도 병에 걸렸단 소문이 자자했어요. 옥지기의 딸과 증상이 비슷했지요. 옥지기 딸이 어찌 살아났나 소문이 돌았고, 왕은 젖머슴을 불러들여 딸을 살릴 수 있냐고 물었어요. 젖머슴은 당연히 공주를 살려냈지요. 그리고 공주와 결혼해서 부마가 됐어요. 이걸로 이야기가 끝이 아니에요. 얼마 뒤에는 청나라 공주도 죽어가는 걸 살려냈당께요."

"거 참! 어째 여자들만 죽느냐?"

"아따, 나리. 옛이야기를 따지면 싱겁잖아요. 소금이라도 좀 뿌릴까요? 헤헤."

"예끼, 녀석아! 젖머슴은 청나라 공주와도 혼인했겠구나."

"그럼요. 두 나라의 부마가 된 젖머슴은 청나라와 조선을 오가며 살았어요."

손암 선생이 껄껄 웃었다. 침을 튀기던 옥문의 목소리는 더 높아졌다.

"청나라 공주가 젖머슴한테 청나라는 빈 땅이 많으니 나라를 세우자고 했어요. 젖머슴은 양쪽 나라 부마이면서 새 땅의 왕이 되었지요. 왕이 된 첫날, 젖머슴은 '드디어 내 꿈을 말할 때가 되었소.' 했어요. 왕비들이 웃으며 '우리는 꿈 이야기를 들을 자격이 있나요?' 하고 물었어요. 젖머슴 왕은 어깨를 쭉 펴고 '내가 초가집에 누웠는데, 왼손이 지붕을 뚫고 올라가

해를 잡았고, 오른손은 달을 잡았소. 그 다음엔 목이 쭉 올라가 오른쪽 왼쪽을 번갈아 쳐다보았소.'라고 말했어요. 그 말에 왕비들이 '어머나! 그건 왕이 되는 꿈이잖아요.' 하고 소리쳤어요. 젖머슴 왕은 '그렇소! 젖머슴인 내가 이 꿈 이야기를 떠들었다면 곧장 죽었을 거요. 그때는 꿈조차 허락되지 않는 세상이었지만, 이제는 꿈꾸는 대로 사는 세상이 왔소.' 하고 젖머슴 왕은 당당하게 말했대요."

손암 선생은 가만히 감고 있던 눈을 지그시 뜨고는, 옥문을 쳐다보았다.

"젖머슴뿐 아니라 하늘 아래 모든 이가 꿈꾸는 대로 사는 날이 올 게다."

"아따, 우리 옥문이 말솜씨가 보통이 넘는디, 소금장수도 울고 가것다야."

저만치서 순득 아재가 듣고 있다가 다가오며 말했다. 옥문은 벌떡 일어나 순득 아재에게 달려가더니 팔을 붙잡고 매달렸다.

"아재, 홍어잡이에 소금장수 아재도 간다던디요? 저도 갈래요. 데려갈 거지요?"

옥문의 허리춤에 매달린 소쿠리가 기울어졌다. 안에 담긴 조개 몇 개가 투둑 떨어졌다.

"내가 한 말이 있으니 당연지사 데려간다마는, 나중에 딴소리 마라. 힘들다고 툴툴대면 그대로 바다에 밀어버릴텡께."

순득 아재가 눈을 부릅뜨며 말했다.

손암 선생이 자리에서 일어나며 물었다.

"홍어잡이 갈 때 옥문을 데려가려고?"

"예. 심부름꾼도 필요하고, 옥문이도 가고 싶다 해서요……."

순득 아재가 말끝을 흐리자 옥문이 톡 끼어들었다.

"장사를 배우려고요. 머슴살이로 눈칫밥 먹는 것보다 훨씬 낫당께요."

손암 선생이 옥문의 등을 쓰다듬어 주었다.

"그래, 어딜 가든 젓머슴처럼 묵묵히 이겨 내거라. 하늘과 바람도 늘 살피고, 뭇 생명도 귀히 여긴다면 하늘도 돌봐주실 게다."

순득 아재도 거들었다.

"옥문이 야는 눈썰미가 있고, 손도 재빠르니 어디서든 잘할 거구만요."

거칠거칠한 제 손등을 감싸던 옥문은 모래 언덕을 바라보았다. 불어온 바람에 부르르 일어난 먼지기둥이 바다 쪽으로 후룩후룩 날아갔다.

3

싱싱한 홍어와 삭힌 홍어

우이도 선착장을 떠난 지 하루 하고 반나절이 지났다. 바람은 잔잔했다. 그럼에도 배는 당당하게 뻗어나갔다.

옥문은 울렁증 때문에 먹은 걸 게워내느라 꼬박 하루 동안 정신을 못 차렸다. 밤이 지나 아침나절까지 쭉 누웠다가 겨우 몸을 가누었다. 주위를 둘러보니, 순득 아재는 키를 잡고 무청과 중원은 새끼줄을 꼬고 있었다. 소금장수는 돛줄임줄을 매만지는 중이었다. 바다 위는 보석을 펼친 것처럼 반짝거렸다.

호겸 어른이 눈을 감은 채 손바닥을 부채처럼 쫙 펼쳤다. 바람을 느끼는 듯했다.

드디어 태사도에 도착했다. 소금장수가 시커멓고 묵직한 닻을 바닷물에 던져 넣었다. 갈매기들이 배 주위로 끼룩끼룩 날아다녔다. 한두 마리는 가까이 다가와 부리를 쭉 내밀었다. 홍엇배에 홍어가 가득 실려 있었다.

순득 아재가 소리쳤다.

"짚더미와 솔가지를 홍엇배로 옮기세. 빈 항아리는 살살 다루고. 홍엇배부터 나주로 먼저 보낼 거니 서두르세."

무청과 중원이 무거운 항아리를 척척 지고 날랐다. 옥문은 항아리를 들 자신이 없었다. 그래서 짚더미를 들고 살살 걸었다. 그것도 묵직했다. 뒤이어 순득 아재가 올랐고, 소금장수는 지게를 지고 올라갔다. 호겸 어른도 어기적어기적 뒤따랐다.

소금장수가 갈고리를 들고서 홍어를 크기대로 나누었다. 갈라 둔 홍어는 순득 아재가 먹물로 표시를 했다. 호겸 어른은 홍어를 한 마리씩 지푸라기로 감쌌다. 무청과 중원도 손을 척척 놀렸다.

옥문은 아재들의 손길만 바라보다가 뭐라도 도와야겠다 싶어서 호겸 어른 곁으로 다가갔다. 그리고 홍어를 집으려고 손을 내밀었다.

"아서라!"

호겸 어른이 옥문의 손등을 탁 내리쳤다.

"허어, 인석이 겁대가리가 없구마잉! 홍어를 맨손으로 잡다가는 살갗이 다 벗겨져야. 홍어는 잡히자마자 독을 뿌리는 녀석이라 지푸라기로 감싸는 거여."

"예? 독이 있어요?"

"근당께. 지푸라기로 싸야 독도 피하고, 나주 가는 동안 절로 삭혀지제."

호겸 어른이 코를 실룩거리며 말했다.

옥문은 머쓱한 마음을 지우려고, 지푸라기로 홍어를 감싸서 집으려 했다. 하지만 미끄덩거리는 홍어를 번번이 놓쳤다.

옆에서 지푸라기로 싼 홍어를 항아리에 차곡차곡 쟁여 넣던 무청이 보고 놀렸다.

"뭐 하냐? 홍어랑 춤추냐?"

"홍어 잡는 게 쉽지 않제?"

중원도 웃으며 한마디 했다.

무청은 방해된다며 옥문을 밀어냈다. 옥문은 잠시 서서 사방을 둘러보았다.

순득 아재는 항아리마다 표시를 해 두고, 종이에다 무언가를 적었다. 붓으로 먹물 찍으랴, 글로 적으랴 바빠 보였다.

'아재는 글을 배웠는갑네. 나는 까막눈인디.'

옥문은 순득 아재를 바라보다가 고개를 돌렸다. 항아리 뒤로 황급히 숨는 쥐를 보았다. 쥐는 사라졌는가 싶더니 다시 고개를 빼꼼 내밀었다. 반질반질한 눈으로 옥문을 쳐다보았다.

'웃기는 놈일세. 홍어 쪼가리라도 먹고 잡냐?'

쥐는 옥문을 빤히 바라보다가 소금장수가 다가오자 쌩하고 숨어버렸다.

소금장수는 홍어가 그득 담긴 항아리 뚜껑에다 솔가지를 촘촘히 올려놓았다.

"솔가지는 왜 덮는당가요?"

옥문이가 솔가지를 매만지며 물어보자, 소금장수가 대답했다.

"햇볕을 받으면 홍어가 빨리 삭지만 맛은 떨어져부러. 응달에서 서서히 삭혀야 제대로 된 감칠맛이 나제."

옥문은 눈을 반짝이며 다시 물었다.

"근디 나주 사람들은 어째서 싱싱한 홍어를 냅두고 삭힌 홍어를 먹는당가요? 잔칫상에 올릴 정도로 귀한 음식이라고 하던디요?"

소금장수가 싱긋 웃었다.

"옛날에 나라님이 내렸던 어명 때문이여."

"예? 무슨 어명요?"

옥문이 눈을 반짝였다.

"섬사람들더러 뭍으로 이사를 가라고 했제. 왜구와 세금 때문에 말이여. 사람들이 섬에 살면 왜구가 뻔질나게 들이닥쳤고, 세금을 못 내는 가난한 백성들이 자꾸 섬으로 숨어들었고. 이래저래 나라 입장에서 보자면 섬이 골치였던지라 다들 쫓아내려 했당께."

옥문은 소금장수 말이 떨어지자마자 이내 물었다.

"그럼 쫓아낸 섬사람들은 다 어디로 갔는디요?"

"이리저리 흩어졌는디, 그 중에서도 서쪽 바다랑 가까운 나주에 터를 잡은 사람들이 많았제. 그들이 뭍에서 살다보니 흔히 먹던 홍어가 그리웠나벼. 그래서 서쪽 바다로 몰래몰래 홍어잡이를 다녔을 테고."

호겸 어른도 고개를 주억거리며 들었다. 그때 무청이 톡 끼어들었다.

"나 같아도 홍어잡이 가겠구만."

"나도!"

중원도 맞장구쳤다.

소금장수는 허리를 쭉 펴더니 바다를 휘 둘러보았다.

"그런디 말이다. 서쪽 바다에서 잡은 홍어를 나주까지 싣고 가는디, 그 사이에 푹 삭혀진 거여. '워따, 이걸 어째야쓰까!' 사람들은 홍어를 못 먹고 버려야하나 싶었겠제. 아까워서 몇 점 먹어 봤을 테고. 근디 그렇게 삭은 홍어가 '워매, 이게 뭔 맛이당가!' 한 거여. 싱싱한 홍어보다 삭힌 맛을 더 좋아해부렀당께."

"아이고, 나는 고린내 나는 홍어는 죽었다 깨나도 못 먹겠더구만."

무청이 손을 휘저어대자, 중원도 코를 거머쥐었다.

"나는 코 막고 두 점까진 먹는디."

"배가 고프면 뭔들 못 먹……, 아이쿠! 저걸 어째!"

순득 아재가 말을 하다 말았다. 옥문 머리에 갈매기가 똥을 찍 갈겼기 때문이다.

"우하하하!"

아재들이 웃음을 터트렸다.

"으이그, 이게 뭐여!"

옥문이 울상을 지으며 손가락으로 똥을 훑어냈다. 호겸 어른은 날아가는 갈매기를 올려다보며 소리쳤다.

"새똥 맞으면 운이 좋단다. 요번 장삿길은 옥문이 덕분에 대운이 트이것다야."

"아우, 대운이고 뭐고, 냄새가 고약해서 미치겄어요."

옥문은 똥 묻은 손바닥을 바닥에다 문질렀다.

"똥 묻은 머리카락이야 씻으면 될 터. 사내 녀석이 못나 보이게 징징거리지 말아야!"

순득 아재가 무뚝뚝하게 대하자, 소금장수가 놀리듯 말했다.

"옥문이 넌 대운을 품은 사내여. 우리한테도 운 좀 나눠줄 거제? 하하하!"

"운은 무슨 운이요, 밥이나 축내지 않으면 다행이제."

무청이 심술스럽게 한마디 했다. 중원은 히죽히죽 웃기만 했다.

옥문은 숙인 머리에다 찬물을 쏟아부었다. 푸푸 소리 내여 얼굴도 씻었다.

"그나저나 내일 배를 띄워야 하는디, 날씨가 어째 꾸물꾸물 하구만. 어깨도 뻐근한 것이 비가 올 것도 같고."

호겸 어른이 어깨를 툭툭 치며 걱정했다.

소금장수가 누런 이를 드러내며 웃었다.

"뭔 걱정이다요. 갈매기 똥 맞은 사내를 태웠는디, 별 일 있것어요."

"장담하기 어려운 게 바다 일 아닌가."

호겸 어른은 바다와 하늘을 번갈아 보더니 덧붙여 말했다.

"하늘은 맑은디 바람에 물기가 묻어 있당께. 내일 물때가 맞아서 배를 띄우면 좋긴 하겄는디……."

"나주 장사꾼과 약속한 시간에 도착하려면 내일 새벽엔 떠나야 한당께요."

순득 아재가 소매에 붙은 지푸라기를 툭툭 잡아떼며 말했다. 눈치를 보던 옥문은 물지게 쪽으로 다가갔다.

"저는 물 좀 길어 올게요."

마침 바람이 불어와 비스듬히 서 있던 지게 작대기가 툭 넘어갔다. 옥문은 작대기를 주우며 혼잣말로 중얼거렸다.

"바람에 물기가 묻은 것 같은디……."

작대기를 만지작대는 옥문을 향해 무청이 빈정거렸다.

"쥐방울만한 놈이 뭘 안다고 중얼거리는 거여?"

호겸 어른이 손바닥을 쫙 펴면서 눈을 감았다.

"흠, 뭍에서 바다로 바람이 분당께. 손끝에 물기가 느껴지는 게 비가 오것어. 오늘 밤에 비바람이 싹 다 불어서 지나가믄 좋을 테지만……."

지게를 둘러맨 옥문이 뒤돌아섰다. 무청을 한번 쳐다보고 말했다.

"겨울엔 북쪽에서 불어온 바람이 위험하다고……, 손암 나리가 알려줬구만요."

호겸 어른 눈이 커다래졌다.

"천주쟁이 양반이?"

순득 아재가 나서서 대답했다.

"손암 나리가 물고기 연구한다며 옥문이를 자주 데리고 다녔어라. 옥문이한테 하나를 가르쳐주면 둘을 안다고, 글까지 익히면 웬만한 양반보다 낫겠다며 칭찬도 여러 번 했당께요."

호겸 어른이 헛기침하며 물었다.

“험. 어디, 그 양반한테 배운 걸 한번 말혀 봐. 오늘 바람은 어떤 거 같냐?”

옥문이 또 무청을 쳐다보더니 조심스레 말했다.

“겨울날 북쪽 바람은 서쪽으로 몰려가고, 여름날에는 동쪽으로 간다던디요.”

“옳거니! 잘 아는구먼.”

호겸 어른의 칭찬에 옥문이 싱긋 웃었다.

“우리는 동쪽인 나주로 갈 것인디, 지금 바람이 서쪽으로 불고 물기도 섞여 있응께요.”

“그래서 어쩌겄냐?”

“글쎄요, 딱 맞을 거라 말할 수…….”

옥문이 대꾸하는 중에 무청이 끼어들었다.

“아따, 쟈가 뭘 알것어요? 우리가 뱃길을 한두 번 다닌 것도 아닌디, 쪼깐한 아이 말을 어떻게 믿어요.”

순간, 옥문은 손암 선생의 말이 떠올랐다. 순득 아재와 호겸 어른을 번갈아 쳐다보며 말했다.

“하늘을 읽는 자, 천하를 얻으리라! 제갈량이란 사람이 날씨를 알아두면 운도 생기지만, 위험도 피한다며 항시 하늘을 살피라 했다던디요."

옥문의 대꾸에 무청이 날카롭게 쏘아보았다.

호겸 어른은 골똘히 생각하다가 턱을 들어 말했다.

"순득이 네가 선장이니 결정 혀라. 어쩔래?"

순득 아재는 골똘히 생각하다가 딱 잘라 말했다.

"이까짓 겨울바람쯤 별거 아니지라. 태사도를 벗어나면 바람은 무뎌질 거고, 배서낭과 용왕님도 지켜 줄 것잉께……."

"그려, 네 마음이 가는대로 혀."

호겸 어른의 목울대가 움직였다. 무청은 옥문을 향해 눈까지 부라리며 거세게 말했다.

"건방지게 어른 일에 함부로 나서지 말고, 심부름이나 알아서 눈치껏 하랑께!"

얼굴이 벌게진 옥문은 얼른 바다로 눈길을 돌렸다.

다음 날 새벽, 밤새 불어대던 바람이 차츰 잦아들었다. 하늘은 맑고 푸르렀다. 수평선 근처에만 흰 구름이 옹기종기 모여 있었다.

홍어 항아리를 실은 홍엇배는 먼저 떠났다. 옥문과 일행을

태운 배는 태사도의 남은 일을 끝내 놓고 뒤따랐다.

"자, 나주로 가세."

순득 아재가 힘차게 말했다.

돛을 활짝 펼친 배가 씩씩하게 나아갔다. 햇살이 내린 바다는 금빛 물결로 일렁거렸다. 바람은 차가웠지만 깨끗했다.

점심을 먹고 난 뒤, 잠깐 졸았던 옥문이 두 팔을 쭉 뻗으며 기지개를 켰다. 어디까지 왔나 보려고 몸을 일으켜 사방을 둘러보았다. 문득, 배가 느릿느릿 움직이는 걸 깨달았다.

'어? 바람이 멈췄네.'

뿌연 구름들이 하늘 전체를 천천히 덮고 있었다.

'하늘이 달라졌어.'

옥문은 눈을 동그랗게 떴다. 그리고 순득 아재를 힐끗 쳐다보았다. 아재 얼굴에도 검은 구름이 덮인 것 같았다. 옆에서 소금장수가 돛줄임줄을 잡아당기며 말했다.

"바람이 없으니 속도가 붙질 않구먼. 노를 저어야겠는디."

무청이 손바닥에 침을 탁 뱉었다.

"걱정하덜 마시랑께요. 내가 노를 저으면, 반나절 뒤에 나주에 도착해부러요."

중원도 소매를 걷어 올렸다. 옥문도 주먹을 꽉 쥐었다.

순득 아재 얼굴은 좀처럼 펴지지 않았다. 소금장수가 순득 아재의 어깨를 툭 쳤다.

"아따! 옆으로 가든, 천천히 가든, 나주에 도착만 하믄 되제. 걱정 말랑께."

하늘은 이제 온통 잿빛 구름이었다.

4

바다에서 살아내기

바람이 거세게 몰려왔다. 지붕에 올린 싸리나무와 솔가지가 투둑, 툭 날아갔다.

"워매, 꽁꽁 싸맸는데도 이엉이 다 날아가네. 설마, 옥문이까지 날아가진 않겄제?"

소금장수가 너스레를 떨었다. 옥문은 웃다 말았다. 갑자기 몰려온 파도가 배 옆구리를 퍽 때렸기 때문이다. 배가 휘청거렸다. 옥문도 앞으로 고꾸라질 뻔했다.

소금장수가 소리를 질렀다.

"다들 조심해! 튕겨나가지 않게 꽉 잡어!"

옥문은 갑판의 손잡이를 힘껏 붙잡았다. 호겸 어른이 하늘을 올려다봤다.

"해가 넘어갈 때도 아닌디 사방이 컴컴하구먼. 큰 비가 내릴 모양이여."

"우아, 이를 어쩐다요! 파도가 겁나게 몰아치는디요?"

무청의 눈이 왕방울처럼 커다래졌다. 중원이 무청의 허리를 푹 찔렀다.

"호들갑 떨지 말어야."

옥문도 무청만큼 겁이 났는지 목을 잔뜩 움츠렸다.

소금장수는 퉤 하고 손바닥에 침을 뱉었다. 그리고 머리 수건을 풀었다가 단단히 동여맸다. 옥문도 너풀대던 소매를 바짝 접어 올렸다.

'그래, 나는 장사꾼이 될건디! 이까짓 파도쯤은 문제 없제. 별거 아니랑께…….'

옥문은 속으로 되뇌었지만 배가 휘청거릴 때마다 몸이 움찔움찔했다.

투두둑 떨어지던 빗방울이 거센 빗줄기로 변했다. 시커먼 하늘은 바다와 맞붙은 것처럼 보였다. 파도가 좌악 소리를 내며 배 위로 넘어왔다. 순득 아재가 악을 썼다.

"돛을 다 내려!"

소금장수가 돛줄임줄을 재빨리 감았다. 파도가 다시 몰려와 배 옆구리를 푹 들이받았다. 배가 끼익, 끼익 소리를 내며 기우뚱거렸다. 뱃머리가 쑥 올라가더니 아래로 곤두박질쳤다.

"새끼 돛도 내려라잉!"

순득 아재가 옥문을 쳐다보며 소리쳤다.

옥문은 엉금엉금 기어서 새끼 돛까지 겨우 다가갔다. 줄을 감으려고 몸을 일으키는데, 바닥이 미끄러워 제대로 설 수가 없었다. 빗줄기 때문에 눈도 제대로 뜨기 어려웠다. 그때 산더미만 한 파도가 배를 덮쳤다. 철퍼덕! 물벼락을 만난 옥문은 주르르 미끄러졌다.

"어푸푸!"

옥문은 젖은 머리를 마구 흔들었다. 온몸이 부르르 떨렸다. 오싹했다.

"옥문아! 얼빠져 있으면 용왕님이 데려간다잉! 정신 바짝 차려야!"

소금장수가 기운을 내라며 능청스럽게 소리쳤다.

무청과 중원은 배 안으로 넘어온 물을 바가지로 퍼냈다. 배는 바다 위에서 이리 저리 떠돌았다. 배가 흔들릴 때마다 옥문과 아재들의 몸도 휘청거렸다.

"다들 줄 잡어!"

순득 아재의 고함은 우렁차게 터지는 파도 소리에 묻혀버렸다.

호겸 어른은 느슨해진 살림살이를 다시 묶느라 허둥거렸다. 배 안에 들어온 바닷물을 퍼내던 무청이 옥문에게 다가왔다.

"너는 소쿠리랑 가마떼기를 더 세게 묶어놔. 얼른! 아, 물독도……."

무청의 말이 끝나기도 전에 배가 한 바퀴 휙 돌았다. 쌀독을 안은 무청이 풍뎅이처럼 뒤집혀 쓰러졌다. 몸을 뱅글 돌리며 일어서려는데, 쌀독이 뻑 깨지면서 쌀알이 바닥으로 쏟아졌다.

"아이코!"

옥문이 다가와 무청을 일으켜 세웠다. 무청은 옥문의 허리를 잡고 일어나다가 다시 쭉 미끄러졌다. 옥문도 같이 휘청거렸다. 철퍼덕! 파도가 배 옆구리를 또 때렸다.

배는 바람 부는 대로, 파도에 부딪히는 대로 뒤뚱거렸다. 몰려온 파도는 저희끼리 뭉치고 높아졌다가 푹 내리꽂았다.

"또 몰려온다잉. 잘 잡어!"

순득 아재가 이리저리 키를 돌렸지만 소용없었다. 뱃머리는 올라갔다가 이내 곤두박질치는 걸 되풀이했다.

'새끼 돛대를 잡아야 하는디.'

옥문은 이를 악물고 숫자를 셌다.

"하나, 둘, 셋! 으아악!"

옥문은 발목에 힘을 꽉 주고는 갑판 위를 잽싸게 달렸다. 막 새끼 돛줄임줄을 잡으려는 찰나였다. 산더미 같은 파도가 배의 꽁무니를 철퍽 때렸다.

"아악!"

옥문의 몸이 붕 뜨더니, 성난 파도 속으로 풍덩 빠지고 말았다.

"옥문아! 옥문아!"

소금장수가 목이 터져라 불러댔다.

바다에 빠진 옥문은 조금 뒤 푸하고 떠올랐다. 허우적허우적 손을 내저었다. 다행히 옥문의 손에 줄이 쥐어져 있었다.

"아이고, 천만다행으로 생명줄은 잡고 있다야. 얼른 구해야 쓰는디."

호겸 어른이 허벅지를 때리며 발을 동동거렸다.

소금장수가 다짜고짜 윗도리를 벗어젖혔다. 돛줄임줄로 허리를 칭칭 감더니 바다로 훌쩍 뛰어들었다.

옥문은 물을 내뱉으며 죽기 살기로 손발을 휘저었다. 헤엄을 제법 치는 편이었지만, 높다란 파도 앞에선 어설픈 재주였고 소용없었다. 그저 허우적댈 뿐이었다. 파도가 덮칠 때마다 옥문의 얼굴이 물속에 잠겼다가 나왔다.

소금장수가 팔을 쭉쭉 뻗어 옥문한테 다가갔다. 물밑으로 들어가려는 옥문의 머리채를 잡았는데, 파도가 또 덮쳤다. 소금장수와 옥문은 한데 엉킨 채 바닷속으로 말려들었다.

"아이고, 어쩐다냐!"

호겸 어른이 애타게 소리쳤다. 다른 아재들도 소금장수와 옥문을 번갈아 불렀다.

그때 푸! 하며 소금장수가 머리를 내밀었다. 옆에는 축 늘어진 옥문이도 함께 올라왔다.

"모두 줄에 붙어. 잡아당기랑께. 어서!"

모두가 힘껏 줄을 당겼다.

"당겨! 더 당겨!"

배 위에서 줄을 당기자, 밧줄을 허리에 맨 소금장수와 옥문이가 낚싯바늘에 붙들린 물고기처럼 딸려 왔다. 모두가 줄다리기로 힘을 부린 끝에, 소금장수와 옥문이를 배 위로 올리는데 성공했다.

겨우겨우 배에 올라오자, 소금장수는 헛구역질을 했다. 옥문은 까무러진 채 늘어졌다.

"이놈아, 정신 차려!"

무청이 옥문에게 달려들어 소리쳤다. 중원은 팔다리를 힘껏 주물렀다.

"이놈아! 눈 좀 떠 봐야."

호겸 어른이 옥문의 얼굴을 찰싹찰싹 때렸다. 순득 아재가 앉더니 손바닥으로 옥문의 가슴을 꽉꽉 눌렀다. 힘껏 누르기를 십여 차례, 옥문이 허리를 비틀더니 물을 토해냈다.

"우엑, 우엑! 켁, 켁!"

"됐네, 됐어. 피딱지도 안 마른 놈을 저승길 보내나 싶어 심장이 다 쪼그라들었당께."

호겸 어른이 털썩 주저앉으며 말했다.

얼굴이 하얗게 질린 옥문은 배의 기둥에 등을 딱 붙이고

앉았다. 손바닥이 얼얼했다. 돛줄임줄을 세게 잡았던 손바닥은 살이 움푹 파였고, 핏자국도 선명했다.

"손 이리 내 봐."

호겸 어른이 옥문의 손바닥에다 무명천을 감아주었다.

파도는 여전히 춤추듯 거세게 몰려왔다. 덮칠 때마다 배가 기우뚱거렸다.

순득 아재는 키를 꽉 붙잡았다. 뱃머리를 파도가 몰려오는 방향과 엇비슷하게 만드느라 바다만 뚫어져라 쳐다보았다. 산더미처럼 몰려 온 파도는 배 바닥에 자꾸만 내리꽂혔다.

한나절을 넘긴 뒤에야 바람이 누그러졌다. 비도 그쳤다. 파도는 여전히 높았다.

옥문은 이불을 뒤집어쓴 채 기둥에 기대앉아 있었다.

소금장수가 다가와 말했다.

"바다를 오가는 장사꾼이 되려면 이만한 풍랑에 벌벌 떨면 안 되제."

무청도 옆에서 거드름을 피웠다.

"우린 이보다 더 높은 파도와 태풍도 거뜬히 견뎠시야!"

"요 정돈 누워서 떡 먹기제."

중원도 덧붙였다. 그런데 파도가 일렁이는 바다를 바라보던 호겸 어른은 순득 아재의 얼굴만 살폈다.

"순득아, 우리 배가 어디쯤 온 게냐?"

"그것이…, 잘 모르겄어라."

"겨울 폭풍은 남동쪽으로 몰아치니, 제주쯤 밀려왔을 것 같은디."

호겸 어른이 걱정스럽게 말했다.

"그럴 거 같은디요. 날이 밝으면 제주가……."

순득 아재가 말을 하다가 멈췄다. 무청이 손바닥을 비비며 중얼댔다.

"천지신명님, 배서낭님, 용왕님! 우리를 구해 주셔서 겁나게 고맙구만요. 천둥벌거숭이 같은 옥문이도 살펴주시고요. 한 번만, 제발 한 번만 더 길을 밝혀주십쇼잉."

소금장수는 저고리를 쥐어짰다. 물이 주르륵 흘러내렸다.

순득 아재는 고개를 자꾸 갸웃거렸다. 호겸 어른이 또 물었다.

"왜 그냐? 파도가 높아서 섬에다 배를 못 대겄냐?"

"아, 아니요. 그보다……."

순득 아재가 말끝을 흐리자, 호겸 어른이 다시 물었다.

"뭔 문제여? 얼른 말해 봐야."

"키가 말을 듣지 않아요. 돛대도 두 개나 부러졌고요."

"뭐여?"

호겸 어른의 목소리가 높아졌다. 그런데 돛줄임줄을 정리하던 소금장수는 여유만만하게 말했다.

"바람 부는 대로 가게 내비 둬. 제주에 가서 고치면 되제."

옥문은 소금장수의 말이 맞기를 바랐다.

'천지신명님, 배서낭님, 용왕님. 부디 집으로 돌아갈 수 있도록 도와주세요.'

옥문은 기둥에 딱 붙어서 마음속으로 빌고 또 빌었다. 그리고 소금장수를 바라보았다.

'나를 살려준 은혜를 어찌 갚을지……'

옥문은 소금장수의 손을 보았다. 저와 똑같은 무명천이 감겨 있었다. 옥문은 코끝이 시큰거렸다. 마음이 무거웠다.

'차라리 머슴살이 가는 게 낫지 않았을까? 아재들한테 괜히 짐만 돼 버렸어.'

도망쳤던 해님이 돌아온 듯 하늘이 파랬다. 그 사이로 하얀 구름이 흘러갔다.

옥문은 온몸이 녹신녹신했다. 눈꺼풀이 자꾸 내려왔다. 앞에 돌이가 우뚝 서 있었다. 그러나 말이 나오지 않았다.

'돌아! 돌아!'

손을 뻗어 보았지만 돌이한테 닿질 않았다.

5

땅, 밟을 수 있을까?

달그랑달그랑, 배가 기울 때마다 솥단지가 뒹굴었다. 그 소리에 옥문은 눈을 떴다.

잽싸게 일어나 솥을 와락 껴안았다.

"아, 다행히도 솥은 무사하네요. 밥은 지을 수 있겠어요."

"하하! 옥문이 덕에 끼니 걱정은 안 해도 되겄구만."

지붕을 손보던 소금장수가 웃었다. 지붕 이엉은 절반 정도 날아갔고 마구 엉켜 있었다.

호겸 어른은 손바닥을 이마에 대고, 혀를 끌끌 찼다.

"어쩐다냐. 파도가 높아서 추자섬에 다가가질 못하는구먼."

"저기가 추자섬이당가요?"

옥문은 목을 길게 빼고 물었다. 호겸 어른이 머리를 끄덕였다.

순득 아재는 부러진 돛을 요리조리 살피며 갸우뚱거렸다.

"바람이 이상하네? 추자섬의 뭍머리가 보이는디, 배가 자꾸 서쪽으로만 가네."

옥문은 순득 아재 곁으로 다가갔다. 욱신거리는 손을 살짝 말아 쥔 채 먼 바다를 바라보았다.

"손암 나리가 겨울에 부는 바람은 서쪽으로 갈 거라 하던디요."

옥문의 말에 호겸 어른이 벌떡 일어났다.

"돛을 눕히고, 노를 저어 보세."

"그것이 안 되어라. 노가 파도에 쓸려가 버렸당께요."

"아, 그런다고 가만이 있는당가. 뭐라도 잡고 저어야제."

아재들은 노를 대신 할 것들을 찾았다. 하지만 마땅히 젙게 없었다.

배는 추자섬을 지나쳐 아래로 한참 내려갔다. 너울대던 파도가 잠잠해졌다. 배도 강에 뜬 것처럼 얌전히 움직였다. 살살 부는 바람에 푹 젖었던 옷이 꾸덕꾸덕 말라 갔다.

무청은 벌러덩 드러누웠다.

“아따 좀 누울랍니다. 한숨 자고 일어나 생각하자고요.”

중원도 풀썩 주저앉았다. 소금장수도 큰대자로 눕더니 이내 드르릉 코를 골았다.

옥문은 잠든 소금장수를 내려다봤다. 눈자위가 쑤욱 들어갔고, 눈가도 거무튀튀했다. 수염은 덥수룩했고 머리카락이 엉켜서 해적 같았다.

옥문은 소금장수 옆에 슬그머니 자리를 잡고 누웠다. 자고 일어났는데, 금세 또 졸음이 몰려왔다.

얼마나 잤을까. 달게 자고 난 옥문이 눈을 떴다. 구름 한 점 없는 하늘을 올려다보다가 고개를 돌렸다. 하늘로부터 이어진 바다가 옥문의 배 앞까지 펼쳐져 있었다. 그 아래에 거북 한 마리가 살살 헤엄치며 따라왔다.

‘우리가 어쩌는지 보려고 용왕님이 거북을 보내셨나?’

옥문은 거북을 빤히 보았다. 거북은 한참 동안 배와 나란히 헤엄치더니, 물속으로 쑥 들어갔다.

옥문은 잠자던 사람들을 둘러보았다. 순득 아재는 키 아래에서 눈을 붙이고, 호겸 어른은 기둥에 기대어 꾸벅꾸벅 졸고 있었다. 무청과 중원은 등을 맞대고 웅크린 채 새우잠을 자고 있었다.

'용왕님, 고맙습니다. 아무도 안 다치게 돌봐주셔서 참말로 고맙습니다.'

옥문은 파도 위로 떨어지던 순간이 떠올랐다. 부르르 몸이 떨렸다. 후하고 숨을 내뱉으며 하늘을 올려다보았다. 아까보다 더 붉어진 하늘빛이 널따랗게 퍼져 있었다.

몹시 고왔다. 문득 하늘을 살피라던 손암 선생이 떠올랐다.

'우이도는 노을도 아름답고, 별자리도 또록또록 보이는 깨끗한 섬이로다. 노인성까지 보이면 참 좋을 텐데……. 그 노인성을 보면 장수도 하고 복도 받는다더구나. 제주에서만 보인다니 과한 욕심인 게지. 끌끌!'

손암 선생의 웃음소리가 들리는 것 같았다.

"아니구나. 내 배 속에서 나는 소리였네."

옥문은 배를 문지르며 말했다. 이내 바닥에 흩어져 있던 쌀을 긁어모았다.

'와, 그 난리 통에도 물독은 안 깨졌네잉.'

옥문은 쌀을 씻으려고 무심코 물에 손을 담갔다.

"어흡!"

물이 손바닥에 닿자 몹시 쓰라리고 따가웠다. 소름까지 끼쳤다.

옥문은 손바닥을 쳐들고 탈탈 털었다. 눈물이 찔끔 나왔다. 쌀을 대강 씻고, 지푸라기에 불을 붙이려고 입바람을 후후 불었다. 축축해진 지푸라기는 좀처럼 불이 붙지 않았다. 매캐한 연기만 질질 뿜어져 나왔다.

"콜록콜록!"

옥문의 기침 소리에 곤히 잠들어 있던 아재들이 하나둘 일어났다.

"옥문아, 너 왜 우냐? 벌써 집이 그리운 거여?"

소금장수가 뿌연 연기를 휘저으며 다가왔다.

"아니, 켁, 켁! 저 연기 때문에 눈이 매워서……."

"쌀은 어떻게 씻었냐? 손바닥 아물 때까지는 물에 손 담그면 안 돼야."

소금장수가 옥문의 손바닥을 살펴주었다.

"옥문이 인제 살아났냐?"

순득 아재가 하품을 쩍 하며 물었다.

옥문은 뒷덜미를 쓱쓱 비벼댔다.

호겸 어른까지 기침을 하며 다가왔다.

“속이 텅 비어서 오줌도 안 나온당께. 밥은 언제 준당가? 목숨 살려 준 우릴 굶기진 않을 거제?”

호겸 어른의 농담에 아재들이 한꺼번에 웃었다. 웃음소리가 하늘로 퍼져 나갔다.

시원찮은 불길 때문에 밥은 설익었다. 그래도 다들 맛나게 나눠 먹었다.

캄캄한 밤이 되자, 배는 제자리에 멈춘 것 같았다. 아재들의 하얀 눈동자만 어둠 속에서 반짝거렸다. 옥문도 잠이 오질 않았다. 입을 헤 벌리고 하늘만 바라보았다. 와르르 쏟아질 것 같은 별들이 촘촘히 박혀 있었다.

옥문은 나란히 누운 소금장수한테 물었다.

“우리 배가 어디쯤 왔을까요?”

“추자섬을 지났으니……, 북두칠성을 찾으면 알 수 있겄제.”

“북두칠성이 어딨지?”

옥문은 이리저리 하늘을 훑었다. 그러다 생각난 듯 발딱 일어났다.

“아, 맞다! 제주 하늘에서만 보인다는 노인성이란 별을 아신당가요?"

"노인성?"

소금장수도 처음 들었는지 눈만 끔뻑거렸다.

"손암 나리한테 들었는디요, 노인성을 보면 장수하고 복도 받는다던디요."

순득 아재가 거들었다.

"제주에서 보인다면 이 많은 별 중에 하나겠제. 그 별이 우릴 봤을 테니 다들 소원을 빌어보더라고."

누워 있던 무청이 천천히 일어났다. 두 손을 모으고 허리도 똑바로 세웠다.

"노인성님! 우릴 좀 지켜주십쇼. 집에 가도록 길을 밝혀 주십쇼."

아무도 말이 없었다. 늘 무청을 거들던 중원도 가만히 있었다. 밤하늘만 뚫어져라 바라볼 뿐이었다. 은하수의 은빛 물줄기만 은은하게 흘러갔다.

옥문은 별 하나를 가리켰다.

"저 별이 노인성 같은디요. 은하수에서 가장 반짝거리는 별이라고 했구만요."

소금장수가 옥문의 말을 거들었다.

"은하수라……. 아까부터 저 별이 눈에 띄긴 했어야."

옥문은 양 손바닥을 맞대고 눈에다 힘을 주었다.

"그럼, 저 별을 노인성으로 믿어야겠어요."

"그라제. 믿는다고 손해 볼 건 없응께."

순득 아재도 덧붙였다.

무청과 중원은 조용했다. 어느새 서로 내기하듯 드르릉 코를 곯았다.

소금장수는 어둠 사이를 더듬거리며, 갑판에다 젖은 옷을 툭툭 걸쳐 놓았다. 옥문이 옷까지 널었다. 옥문도 얼른 거들었다.

"바람이 따뜻하니 옷이 잘 마르겠어요. 마치 봄바람 같당께요."

순득 아재가 걱정스럽게 말했다.

"뜨뜻한 바람이 불어대니 남쪽으로 많이 내려온 것이여. 해적선이라도 만나면 어쩐다냐?"

옥문은 주머니에서 돌 하나를 꺼냈다. 다른 돌멩이가 바닥에 툭 떨어져 데구루루 뒹굴었다.

"해적이 나타나면 이 짱돌로……."

"하이고, 짱돌? 고것으로 해적과 싸우겠다고?"

순득 아재가 콧방귀를 뀌듯 대꾸했다. 옥문은 제 보따리를 들어보였다.

"태사도에서 주운 짱돌이 더 있는디요. 돌이한테 주려고 좀 주워놨당께요."

"하하! 옥문이 네가 앞장서면 나도 뒤따르마."

소금장수가 시원하게 웃었다.

호겸 어른이 곰방대를 탁탁 내리쳤다.

"이 사람들! 시방 장난이 나오는 겨? 얼른 자 둬. 내일 또 뭔 일을 겪을지 모르니."

옥문은 입을 다물고, 살포시 눈을 감았다. 아재들이 주고받는 말이 귓가에서 웅웅 울리다가 점점 멀어졌다.

다음 날, 옥문은 눈꺼풀 위로 쏟아지는 빛살에 눈을 찡그렸다.

"제주로부터 얼마나 떠내려 왔는지 모르겄네잉."

순득 아재가 힘없이 말했다. 소금장수는 덤덤하게 되받아쳤다.

"아따! 가다보면 뭍머리가 보이겄제. 아마, 청나라의 남쪽 언저리쯤 밀려 왔을 거네.”

“청나라면 다행인디, 모르는 땅에 닿을까 봐 걱정이제.”

바닷물로 입안을 헹구던 호겸 어른이 대답했다.

소금장수가 대뜸 물었다.

“혹시, 안남국(베트남)일까요?”

“안남국? 서남쪽 바닷길로 가면 있다고 듣긴 혔는디…….”

아재들 이야기에 옥문이가 슬그머니 끼어들었다.

“저…, 어딘지도 중요한디요, 그것보다 물과 쌀이 다 떨어졌당께요. 땅이 보여야 뭘 얻을 건디요.”

“하, 이런 일이 생길거라고 생각도 못했는디. 워쩌?”

무청이 울상을 지었다. 모두가 어떤 말도 꺼내지 못했다.

옥문은 아재들을 휘 둘러본 다음 텅텅 빈 홍어 항아리를 들고 왔다. 홍어는 벌써 먹어치웠고, 바닥엔 지푸라기만 깔려 있었다.

“저기, 홍어는 없지만 지푸라기에 삭은 홍어 냄새가 묻었는디요. 이걸로 어떻게 낚시라도 하면 안 될랑가요?”

“오, 그래! 괜찮은 생각이구만. 마냥 손 놓고 굶을 순 없제.”

소금장수가 부러진 돛대로 낚싯대를 만들었다. 엉성하게 만든 낚싯대를 던졌는데, 거북 한 마리가 물 밖으로 머리를 쑤욱 내밀었다.

"어? 얼마 전에도 나타났었는데, 그 거북인가?"

옥문은 거북이 동무처럼 반가웠다. 하지만 당장 먹을 물고기가 필요했기에 금세 관심을 거뒀다.

"어여차!"

배고픔과 지루함에 지쳐갈 때쯤 소금장수가 물고기 한 마리를 잡았다. 이어서 손바닥만 한 물고기를 세 마리나 연거푸 낚았다. 생김새가 낯설었지만 아재들과 옥문은 눈 깜짝할 사이에 먹어 치웠다.

배고픔을 겨우 달래자, 순득 아재가 돛을 물끄러미 바라보았다.

"장작과 물도 떨어졌지만, 새끼 돛으로 얼마나 버틸지 모르겄어라."

"이러다 바다귀신 되는 건 아니것지요?"

무청이 털썩 주저앉았다. 중원도 고개를 떨궜다.

옥문은 일부러 큰 소리로 말했다.

"노인성에다 빌었잖아요. 저기 배서낭도 딱 버티고 계시고요."

어느덧 바다를 떠돈 지 십여 일이 지났다.

옥문은 낚시를 했지만 미끼가 없어 내내 허탕이었다. 다행히 물은 먹을 수 있었다.

후덥지근한 바람이 불고 나면 꼭 비가 내렸다. 비는 갑자기 내렸다가 뚝 그쳤다. 그럴 때마다 소금장수가 일러주었다.

"옷에 묻은 빗물을 쪽쪽 빨아 먹어."

옥문은 찝찔했지만, 목마름과 배고픔 때문에 소금장수의 말을 따랐다. 소나기가 쏟아지면 희망이 꿈틀거렸다가 해가 쨍쨍 내리쬐면 축축 늘어졌다.

'언제쯤 땅이 보일까?'

옥문은 아재들 몰래 흐느꼈다. 후회스러울 때도 많았다.

'돌이가 나를 엄청 찾을 텐디.'

옥문은 배를 쓸어보았다. 물로만 채운 뱃가죽이 등에 딱 붙은 것 같았다. 꼬르륵 소리도 들리지 않았다. 움직일 힘도 없고, 무엇보다 무서웠다. 집에 갈 희망이 사그라지는 것 같았다.

아재들도 괴로워했다.

"언제까지 이러고 있어야 할랑가 모르겄네. 죽는 날을 받아

놓은 건지……."

눈자위가 뒤집어지던 무청이 쓰러졌다. 소금장수는 무청 얼굴에 바닷물을 끼얹었다.

"푸우!"

무청이 숨을 내뱉으며 가느다랗게 말했다.

"나를 왜 살린다요? 오늘 죽으나, 내일 죽으나 마찬가진디."

"남쪽으로 흘러올 만치 왔으니 땅이 곧 보일 거야. 조금만 더 힘을 내."

소금장수가 말하고 딱 반나절쯤 지날 무렵이었다. 순득 아재가 없는 힘을 몽땅 짜내어 미친 듯 소리질렀다.

"저길 봐! 흙색이구만, 흙색! 땅이여, 땅!"

"어디, 어디?"

소금장수가 몸을 발딱 일으키더니 손날을 이마에 갖다 댔다. 옥문도 엉덩이를 치켜들며 일어서려 했다. 그러나 곧 고꾸라졌다.

"옥문아!"

소금장수가 손을 내밀었다. 옥문은 손을 휘저었지만 아무것도 잡히지 않았다. 귓가에 제 이름만 울릴 뿐이었다.

6

유구에 도착해서

"옥문아! 옥문아!"

소금장수가 옥문의 뺨을 마구 때렸다. 얼굴에 물도 착 끼얹었다.

정신이 돌아온 옥문은 머리를 푸르르 흔들었다. 소금장수가 입에다 물을 갖다 대자 꿀렁꿀렁 넘겼다. 그리고 게슴츠레 눈을 떴다. 소금장수 뒤로 낯선 사내들이 서 있었다. 그들 중 한 사람이 걸쭉한 미음을 건넸다.

"유쿠, 유쿠!"

나무 그릇을 받아든 순득 아재가 일러주었다.

"여기가 유구라고 말하는 것 같다야. 우리가 빈속인 걸 알고 미음부터 주는갑네."

다들 미음을 한 사발씩 쭉 들이켰다. 속이 차니 차츰 정신이 들기 시작했다.

옥문도 주린 배를 채운 뒤 배 가까이에 몰려온 사내들을 살폈다. 그들은 팔이 없는 길쭉한 윗도리를 걸쳤다. 바지는 입지 않았고, 거무스레한 다리를 내놓고 신발도 신지 않았다. 머리에는 나무껍질로 만든 세모 모자를 쓰고 있었다. 어깨에는 지렁이 모양의 줄 세 개가 그어져 있었다.

'몸에다 왜 저런 그림을 그렸당가?'

옥문은 주위를 두리번거렸다. 가까운 바닷가에 나무들이 줄줄이 서 있었다. 바닷물은 모래 알갱이까지 훤히 보였다.

순득 아재가 짧은 일본어로 손짓을 섞어가며 말했다. 순득 아재 이마에서 땀이 주르륵 흘러내렸다. 다른 아재들은 꿀 먹은 벙어리처럼 얌전했다.

"바람에 떠밀려 왔다는 말을 알아듣나요?"

옥문이 걱정스레 물었다. 사내들은 옥문을 힐끗 쳐다보았다. 그러면서 순득 아재 손짓과 표정에 고개를 끄덕이거나, 눈을 둥그렇게 뜨기도 했다.

순득 아재가 띄엄띄엄 주고받은 말을 알려주었다.

"일본보다 남쪽에 있는 유구라는 나라인디, 우리처럼 바람에 떠밀려오는 배들이 더러 있는 것 같어."

소금장수가 벌떡 일어났다.

"유구라면, 들어본 거 같은디! 장사를 귀히 여기는 나라라고 했구만."

"나는 머리털 나고 유구라는 나라는 생전 처음 들어 본당께."

무청이 불안한 듯 유구인들을 흘끔흘끔 쳐다보았다.

"옛날 어른들한테 유구 사신에 대해 들어보긴 혔지."

뱃머리에 쪼그려 앉았던 호겸 어른이 기운 없이 말했다. 눈자위가 움푹 들어가서 아픈 사람 같았다.

옥문은 걱정스러운 듯 순득 아재에게 물었다.

"저들이 우릴 고향으로 보내줄까요?"

"보내 줄 게야. 우이도에도 길 잃은 배가 들어오믄 잘 대접해서 보내 주고 했응께."

순득 아재가 바지 허리띠를 끌어올리며 말했다. 그때 뒤에서 일어서려던 호겸 어른이 비틀거리다 풀썩 주저앉았다. 호겸 어른은 양손으로 몸을 문질러 댔다.

"흐미! 더운 바람이 부는데, 몸이 왜 이리 으슬으슬 춥고 떨린다냐. 자네들도 그런가?"

소금장수가 호겸 어른을 부축했다.

"고뿔(감기)에 걸리셨나 본디요. 얼른 땀에 젖은 옷부터 갈아입는 게 좋겄어요."

옥문은 재빨리 대나무 소쿠리에서 여벌 옷을 찾았다. 윗도리를 갈아입던 호겸 어른이 끙 하고 앓는 소리를 냈다.

"에구구, 머리가 핑 도는 게 어질어질하네잉!"

유구인들은 저들끼리 뭐라고 떠들었다. 옥문은 그들의 입 모양과 표정을 살폈다.

'음, 콧수염은 없고 턱수염만 길렀네. 머리 가장자리는 싹 밀어버리고 가운데에 상투를 틀었고만. 햇살을 받으면 머리 밑이 따갑것어.'

순득 아재가 호겸 어른의 이마에 손을 갖다 댔다.

"열이 겁나게 나는 거 같은디. 삼촌, 어디가 불편혀요?"

호겸 어른은 만사가 귀찮은지 얼굴만 잔뜩 찡그렸다.

"오메, 몸이 불덩이어라. 큰 병이 아니어야 할 텐디."

무청이 설레발을 쳤다. 유구인들은 호겸 어른을 힐끔힐끔 쳐다보더니 이내 손짓을 했다. 배에서 내리자는 신호 같았다.

옥문과 일행은 유구인들을 따라 뭍에 발을 디뎠다.

옥문은 바닥이 울렁울렁 움직이는 것처럼 느껴져 속이 메슥거렸다. 혀를 길게 내민 채 걷는데, 무청이 팔을 들어 손가락을 뻗었다.

“저건 뭐시당가?”

길쭉한 나무들이 바닷가에 죽 늘어서 있었다. 후덥지근한 바람이 불자 나무 이파리가 후르르, 후르르 흔들렸다.

“바닷물을 먹고 자라는 나무도 있는갑네요.”

옥문은 신기한 듯 쳐다보았다.

순득 아재와 무청은 호겸 어른을 부축하며, 유구인들 뒤따라 걸었다.

도착한 곳은 작은 움막이었다. 지붕은 풀 더미로 덮여 있고, 바닥엔 지푸라기가 깔려 있었다.

“아따, 유구 날씨는 조선의 한여름만치 푹푹 찌구마잉.”

무청이 눈동자를 뱅글뱅글 돌렸다. 그리고 작은 소리로 말했다.

"설마, 여기다가 우릴 가두는 건 아니겄지라?"

옥문은 집안을 여기저기 훑어보고 큼큼 냄새도 맡아보았다.

소금장수가 이부자리를 찾아서 폈다. 그 위로 호겸 어른이 쓰러지듯 드러누웠다.

"온돌방에서 뜨뜻하게 지지면서 한숨 자면 고뿔 따위 금방 나을 건디."

소금장수 말에 옥문이 부엌으로 쪼르르 내려갔다. 여기저기 뒤져보았다.

"아궁이는 안 보이는디요."

호겸 어른은 어느새 잠이 들었다. 아재들은 저마다 벽에 기댄 채 다리를 뻗었다.

옥문이도 소금장수 옆에 붙어서 슬그머니 눈을 감았다.

다음 날 아침나절에 유구인들은 의원까지 데려와 호겸 어른을 살펴주었다. 침도 놔주고, 깨끗한 옷가지도 가져다주었다.

순득 아재는 잠에 푹 빠진 호겸 어른을 물끄러미 바라보았다.

"삼촌이 풍토병에 걸린 것 같은디……."

"어쨰야 쓰까잉."

소금장수도 걱정스런 얼굴로 대답하며, 순득 아재 귀에다 나지막이 말했다.

"그나저나 저들이 우릴 움막에 가둔 것 같은디. 저 봐. 문 앞에 감시자가 지키고 섰당께."

"긍게요."

순득 아재가 곁눈질하며 짧게 대답했다. 무청도 슬쩍 엿보더니, 얼른 고개를 돌려 한숨을 내쉬었다. 중원은 멀뚱멀뚱 담너머 바깥만 내다보았다.

옥문이 톡 끼어들었다.

"저기, 움막 뒤에 개구멍이 있던디요? 그쪽으로 내빼면 어떨랑가요?"

무청은 다리를 올려 옥문의 엉덩이를 걷어차더니 말했다.

"그 다음엔? 개구멍으로 빠져나간 뒤엔 어쩔건디?"

"일단 내빼고 난 뒤에 생각하지요."

옥문의 대꾸에 순득 아재가 피식 웃었다.

"아따, 겁나게 아이답다잉. 하하하!"

소금장수는 이가 다 보이도록 웃었다. 무청은 눈을 흘겼다. 중원도 소금장수처럼 웃었다. 웃음소리는 또닥, 또닥또닥 발걸음 소리에 뚝 그쳤다. 유구인이 나무 신발을 끌며 다가왔다. 그는 오이처럼 길쭉한 채소를 내밀었다.

"고야! 고야!"

옥문이 어정쩡 일어나 채소를 건네받았다.

"이걸 먹으란 걸까요? 껍질이 우둘투둘한 게 조선의 여주랑 닮긴 했는디요."

순득 아재는 일본 말로 더듬더듬 물었다. 유구인은 손으로 호겸 어른을 가리켰다.

고야를 냄비에 삶으라는 시늉도 보여주었다.

"고야라는 채소를 삼촌한테 먹이라는 것 같은디."

가만히 듣고 있던 유구인은 밖에 놔둔 그릇에서 말린 뱀과 다시마도 건넸다. 그리고 느릿한 손짓과 몸짓으로 천천히 알려 주었다. 순득 아재가 진땀을 흘리며 유구 말을 겨우 꿰맞췄다.

"뱀과 다시마를 달여 먹으믄 빨리 기운을 차릴 수 있다 하네."

옥문은 입을 쩍 벌렸다.

"배, 뱀요?"

"뭘 놀래고 그런다냐. 우리 조선에서도 뱀술은 약으로 쓰는디."

소금장수가 말했다.

순득 아재는 곧 고야를 손질했다. 그런 순득 아재 옆으로 옥문이 슬금슬금 다가갔다.

"그나저나 아재는 유구 말을 어찌 그리도 잘 알아들어요?"

"잘 알기는. 몇 마디 겨우 아는 거제. 우이도에 일본인들이 가끔씩 안 오냐. 그들한테 몇 마디 배웠당께. 그 말을 이리 쓰게 될 줄은 몰랐구먼."

"아니여요, 대단하시당께요."

옥문은 순득 아재가 멋있어 보였다.

유구인은 이틀에 한 번씩 먹거리를 가져다주었다. 친절했다. 그런데 바깥출입은 절대 못하게 막았다. 늘 문 앞에 문지기를 세워놓았다.

소금장수가 고개를 갸우뚱거렸다.

"왜 계속 가둬놓는 거제? 조선에 안 보내고 머슴으로 부릴 속셈인가? 뱃길을 잃은 사람들한테 이리 대하면 안 되는 것인디!"

"좀만 더 두고 보자고요. 삼촌도 아직 기운을 못 차리셨으니."

순득 아재가 힘없이 대답했다. 옥문은 열린 문으로 마당 문 앞에 서 있는 문지기의 뒷모습을 빤히 바라보았다.

'설마, 말도 안 통하는 나라에서 젖머슴으로 살아야 하는 건 아니겄제…….'

한 달이 훌쩍 넘었다. 나무살을 얼기설기 엮은 창으로 후덥지근한 바람이 훅훅 들어왔다.

"조선의 장마철이랑 비슷하구만. 덥고 갑갑해서 미치겄네잉."

무청이 윗도리를 훽 벗어던졌다가, 유구인 발소리가 들리자 주섬주섬 챙겨 입었다.

유구인은 숯이 든 커다란 함지박을 들고 왔다. 함지박에는 고구마와 채소, 돼지고기, 두부랑 된장도 들어 있었다.

"주라사!(오키나와 고어 : 고맙습니다!)"

함지박을 건네받은 옥문은 문지기들이 하던 말을 흉내 내어 말했다. 유구인이 싱긋 웃으며 허리를 굽혔다.

"우리 입에 맞게끔 만들어 먹으라고 보냈는갑서."

돼지고기를 집어 든 순득 아재가 말했다. 소금장수가 손으로 배를 쓸며 함지박을 들여다보았다.

"이건 뭐, 많지도 적지도 않고 딱 여섯이 나눠 먹겠구만."

"아따, 일단 준 거니 먹자고요."

무청이 손뼉을 탁 쳤다. 중원은 채소를 뒤적거렸다.

"긍게, 배라도 곯지 않게 챙겨주니 참말로 다행이제."

소금장수가 불을 피우려고 숯 아래에 불쏘시개를 밀어 넣었다. 불이 붙자 옥문은 넓은 이파리로 부채질을 해댔다. 연기가 몽글몽글 피어올랐다.

"저 문지기만 없으믄 나가서 물고기라도 잡아올 건디, 쩝!"

"배도 없고 그물도 없는디, 어쩌게 잡는다냐?"

무청과 중원이 말을 주고받았다.

옥문은 문밖을 빤히 보다가 순득 아재한테 물었다.

"우리 배를 고쳐서 조선으로 갈 순 없당가요?"

순득 아재가 말없이 냄비에 된장을 풀었다. 국물이 보글보글 끓는 걸 지켜보다가 작은 소리로 대답했다.

"큰 도시인 나하로 데려간댔으니 좀 기다려 봐. 재촉하면 미움 살까 봐 나도 꾹 참고 있응께."

'유구에서 머슴 노릇하라면 어쩌나?'

옥문의 걱정도 연기처럼 모락모락 피어올랐다.

아재들은 하루 종일 낮잠으로 시간을 때웠다. 갑갑했던 옥문은 마당에서 자주 빈둥거렸다. 그때 문지기가 말을 걸어왔다. 문지기도 종일 서 있는 게 따분한 것 같았다.

옥문은 문지기가 하는 말을 귀담아듣고, 따라 말하고, 손짓을 하다가, 가끔 깔깔거렸다. 문지기도 함께 웃었다. 며칠 시간이 쌓이니 옥문은 문지기와 제법 말이 통하기 시작했다. 그리고 옥문이 움막 밖으로 나가고 싶다고 손짓을 섞어 말하자, 고개를 끄덕여 주었다. 문지기는 옥문이 문밖으로 나서자 모른 척했다.

밖으로 나온 옥문은 바닷가 모래밭을 겅중겅중 뛰어다녔다. 너무 신났다. 마침 엉금엉금 기어가는 거북을 보았다. 옥문은 소리를 지르며 거북 쪽으로 달려갔다.

옥문의 기척에 놀랐는지 거북은 재빨리 물속으로 들어갔다.

"치! 같이 놀려고 했는디."

섭섭했던 옥문은 주위를 두리번거렸다. 삐죽삐죽 서 있던 물가의 나무가 눈에 띄었다. 바닷물이 저수지처럼 얌전하게 일렁거렸다.

옥문은 다가가서 나무 아래 물속을 들여다보았다. 물에 잠긴 뿌리 사이로 자잘한 물고기들이 와글와글 돌아다녔다.

“뭔 나무가 바닷물에 잠긴 채 사나?”

옥문은 한참 바라보다가 다시 어슬렁어슬렁 걸었다. 모래밭을 벗어날 즈음이었다. 저 앞에 무지개 색을 띈 조개껍질과 빨간 산호들이 널려 있었다. 옆에는 사내 두 명이 그물을 깁고 있었다.

“우?(누구요?)”

한 남자가 내뱉는 말에 옥문은 움찔거렸다. 머릿속이 하얘졌다. 슬금슬금 물러났다. 그리고 뒤돌아 힘껏 내달렸다. 또 한 달이 지났다. 마당에서 작대기로 장난하던 옥문에게 문지기가 말을 걸었다.

처음엔 문지기의 입이며 행동을 살펴보고서야 겨우 말뜻을 헤아렸던 옥문이었다. 하지만 이젠 눈치껏 이해했다. 더구나 음식과 옷, 집을 지을 때 쓰이는 나무와 풀이름도 제법 알게 되었다. 가끔 엉뚱한 이름을 대는 바람에 서로 어안이 벙벙하기도 했다. 영 다른 뜻임을 나중에 알고는 배를 잡고 웃었다.

이즈음 옥문은 바닷가의 나무 정체를 물었고, 문지기가 자세히 알려주었다.

"아, 맹갈나무(맹그로브). 그 나무는 육지로 몰려오는 높고 거친 파도를 막아준단다. 줄기가 부드러워 웬만한 파도엔 부러지지 않고, 뿌리엔 물고기들이 알을 낳고 새끼를 키우기도 해. 작은 물고기들의 둥지란다."

옥문은 띄엄띄엄 알아들었다. 단어들을 이어 붙여 뜻을 생각했다. 웬만큼 알고 나니 싱글벙글 웃음이 나왔다.

"말이 통하니까 막혔던 속이 뻥 뚫리네."

문지기랑 말이 통하면서 옥문은 바깥나들이가 한층 자유로웠다. 그냥 놀러다니지 않았다. 옥문은 들판에 널린 쑥과 나물을 캐왔다. 모래펄에 밀려온 해초와 물고기도 건졌다. 가끔 거북 알도 주워왔다.

"나물은 데치고, 쑥은 된장 풀어서 끓일게요. 마늘은 도저히 못 구하겠당께요."

옥문이 나물을 캐오면, 우거지처럼 축 처져 있던 아재들이 기지개를 켰다.

소금장수는 쑥에 코를 가져다 대고 큼큼거렸다.

"낯설고 물 설은 곳에서 나물 반찬에다 쑥국까지 먹다니. 옥문이가 장하네잉!"

중원이 씩 웃으며 등을 두드려주었다.

무청은 퉁명스럽게 말했다.

"인자, 열세 살이나 먹었응께 눈치껏 할 나이제."

순득 아재는 나물을 헤집으며 웃었다.

"눈도 야무져서 독풀은 안 캤네."

호겸 어른은 거들떠보지도 않았다. 마치 화난 사람 같았다. 비가 오려고 우중충해지면 호겸 어른은 몹시 날카로워졌다.

호겸 어른은 옆에 앉은 옥문에게 소리를 꽥 질렀다.

"열불 올라오니 저리 떨어져야! 바닥은 어째 이리도 눅눅하다냐. 환장하것네."

옥문은 엉덩이를 꿈질꿈질 움직였다. 눈물이 핑 돌았다. 소금장수가 눈을 끔쩍거렸다. 참으라는 눈짓이었다.

이내 빗줄기가 요란스럽게 쏟아졌다. 호겸 어른은 두 눈을 감고 벽에 기대앉았다.

소금장수가 무청에게 슬그머니 말을 건넸다.

"비도 내리는디, 노래나 한 자락 해 보소!"

무청은 비에 젖은 마당을 쓱 보는가 싶더니 흠흠, 목청을 가다듬었다.

“앞동산도 울긋불긋, 뒷동산도 울긋불긋, 항아동아 단 바람에 꽃을 찾는 저 나비야. 맑고 푸른 창공 중에 종달새는 지지나 배배. 내 고향 우이도는…….”

갑자기 노랫가락이 뚝 끊겼다. 무청이 손등으로 눈밑을 쓱 닦았다.

“아따, 눈에 뭐가 들어갔는갑소.”

호겸 어른은 홱 돌아누웠다. 어깨가 오르락내리락 들썩였다.

옥문도 돌이가 떠올랐다. 눈물이 볼을 타고 흘렀다. 옥문은 아재들에게 들키지 않으려고 고개를 푹 숙였다. 비는 금세 그쳤다. 곧 처마 끝에 맺힌 빗방울이 똑똑 떨어졌다.

소금장수가 중얼거렸다.

“쏟아지던 비도 언젠가는 그치잖는가. 우리한테도 끝은 있을 거니께 다들 힘내더라고.”

쪼그리고 앉았던 옥문은 벌떡 일어났다. 울적한 마음을 씻고 싶어서 밖으로 나갔다. 힘껏 달렸다. 바닷바람이 눈물로 얼룩진 얼굴을 씻었다.

"옥문아, 간단다! 드디어 간단다!"

옥문이 바닷가에 나갔다가 막 들어왔을 때, 아재들은 어깨를 맞잡은 채 얼싸안고 있었다.

드디어 옥문 일행이 나하로 떠나게 되었다.

"나하에 가믄 청나라를 거쳐 조선으로 갈 수 있당께. 얼씨구절씨구!"

옥문은 시원하면서도 섭섭했다. 문지기도 아쉬워했다.

"이제 말귀가 통하는데 헤어지다니 아쉬워. 표류인을 숱하게 만나 봤지만 옥문처럼 유구 말을 빨리 익히는 사람은 못 봤어."

"고마웠당께요. 배운 말을 써먹을 일이 있을랑가 모르겄지만, 잊지 않을 게요."

7

통역관이 부럽지만

나하에 도착하자, 순득 아재는 혀를 내둘렀다.

"선착장이 으리으리하네잉. 유구 배는 튼실하고, 돛대는 무명으로 짰나? 촘촘해 보이는 것이 바닷길을 시원하게 헤쳐 나가겠구만. 조선 배보다 다루기가 영 쉽겄는디."

옥문도 거들었다.

"유구는 음식이랑 옷이랑 모자나 머리 모양도 우리랑 많이 다른디요. 또, 또 뭐가 있더라. 아, 암튼, 다른 점이 엄청 많당께요."

항구에는 다양한 크기의 배들이 많았다. 뱃머리에는 오색 깃발들이 나부꼈다.

“저것들은 다 뭐여? 알록달록한 깃발이 춤추는 게 잔칫날 같구만.”

무청이 팔로 깃발을 가리키다가, 지나가던 무사의 이마를 툭 치는 꼴이 되고 말았다. 그는 칼을 차고 있었다.

무청은 얼굴이 벌게지면서 쩔쩔맸다. 순득 아재가 말을 하려는데, 무사 뒤를 따라오던 옥문이 또래의 소년이 물었다.

“도우 시따노?(무슨 일이야?)”

소년은 아재들과 옥문을 아래위로 훑어보았다. 옥문도 소년을 바라보았다. 그때, 조선 말이 들렸다.

“조선인들이오? 어시, 아니 어서 오시오. 고생 많았지요?”

아재들이 다 같이 뒤돌아보았다. 어깨가 쩍 벌어진 사내가 손을 들어보였다. 그 사내를 보자, 무사와 소년은 자리를 떠났다.

“워따, 시비 붙을까 봐 간이 철렁 내려앉았어야.”

순득 아재가 이마의 땀을 훔쳤다. 그리고 사내에게 물었다.

“혹시 우리를 기다린 통역관이다요?”

“그렇소. 나는 유구에 온 조선인들을 돕고 있소.”

아재들은 통역관을 둥그렇게 에워쌌다.

"조선인 같은디, 어쩌다 먼 타국까지 왔당가요?"

호겸 어른이 안쓰러운 듯 물었다. 통역관은 빙그레 웃으며 대답했다. 말은 더듬거렸지만 알아먹을 수 있었다.

"도, 도예공인 조상들이 유구로 건너 왔다오. 유구에서 태어난 나는, 그…, 도자기도 굽고, 바람 타고 온 표, 표류인도 도와주고 있소. 또……, 통역을 맡았는데, 조선인보다 처, 청나라인들이 더 많이 표류합디다."

"암튼 엄청 반갑소잉."

순득 아재가 통역관의 손을 덥석 잡았다. 아재들은 통역관한테 묻고 또 물었다. 그 틈에 끼지 못한 옥문은 건너편 거리를 구경했다. 그러다 제 또래 여자아이와 우산을 든 부인을 보았다. 여자아이는 수수한 옷을 입었고 머리엔 보퉁이를 이고 있었다. 부인은 화려한 머리꽂이에 비단 옷을 걸쳤다. 손등에는 까만 점이 몇 개 새겨져 있었다.

'유구인들은 몸에다 표시하는 걸 좋아하나 보네. 어부들 어깨에도 까만 줄이 있더만.'

옥문은 여자아이와 부인한테서 눈을 떼지 않았다. 여자아이는 앞장서서 걸어갔다. 뒤따라가던 부인이 잠깐 서더니 우산을 펼쳤다. 그 바람에 빨간 주머니가 툭 떨어졌다.

아이랑 걸음 차이가 났던지 부인은 서둘러서 총총 걸어갔다. 주머니는 지나는 사람의 발길에 차이면서 흙투성이가 되었다. 보다 못한 옥문은 후다닥 뛰어가 주머니를 주웠다.

"와, 비단 주머니네잉. 으흠, 좋은 향기도 나구만."

옥문은 뛰어가서 전해줄까 어쩔까 망설였다. 그때, 여자아이가 바닥을 요리조리 훑으며 걸어왔다. 부인도 헉헉거리며 뒤따라왔다.

옥문이가 손에 쥔 주머니를 건네자, 부인이 "후유." 하고 큰 숨을 내쉬었다. 주머니를 가슴에 대고 옥문을 향해 머리를 꾸벅 숙였다.

"옥문아! 뭐 하냐?"

소금장수가 부르는 소리에 옥문은 뒤돌아섰다. 부인이 웃으며 손을 흔들었다. 옥문은 옆에 선 여자아이의 손을 힐끔 쳐다보았다.

'저 점은 뭐지? 여자아이 손등엔 없고, 부인한테만 있네잉.'

옥문은 통역관을 쳐다보았다. 조선 말이 어눌했지만, 대단한 사람처럼 보였다.

'도자기도 만들고, 통역도 하고……. 유구에선 통역관처럼 저마다 하고 싶은 걸 할 수 있는 건가?'

옥문은 생각에 잠긴 채 아재들을 뒤따라 걸었다.

무청이 옥문의 어깨를 툭 쳤다.

"뭐냐? 뭔 일로 풀이 죽었대? 집에 간다니까 머슴살이 갈 일이 걱정이냐?"

"머슴 따윈 안 해요!"

옥문이 빽 소리를 질렀다. 눈이 커다래진 무청이 한 대 때릴 듯 손을 번쩍 들었다.

"이 썩을 놈이! 유구 말 몇 마디 지껄인다고 뵈는 게 없냐! 아예 내 상투에다 똥까지 싸것다야. 어!"

중원이 무청을 끌어다 저만치 떼어 놓았다. 보다 못한 순득 아재가 옥문의 엉덩이를 철썩 쳤다.

"어른한테 버르장머리 없이 굴면 못 쓰제! 머리가 커질수록 겸손해야 한당께."

옥문은 눈물이 날만큼 억울했다. 소금장수는 참견하지 않았다. 묵묵히 걷기만 했다.

나하에 머물기 시작하면서 순득 아재와 소금장수는 날마

다 통역관을 만났다.

하루는 순득 아재가 옥문을 따로 불렀다.

"갈 데가 있응께 얼른 따라 나서라잉."

"저만요? 어디 가는디요?"

순득 아재는 대답은 않고 앞장서서 걸었다. 옥문이 팔랑팔랑 뒤따라갔다. 두 사람은 대문이 불쑥 솟은 집으로 들어섰다. 통역관이 마당에 나와 있었다.

"어서 오게. 기다렸다네."

어리둥절한 옥문은 순득 아재를 힐끗 쳐다보았다. 순득 아재는 덤덤해 보였다.

통역관이 두 사람을 널찍한 방으로 안내했다. 방에는 남자와 여자들이 둘러앉아 이야기꽃을 피우고 있었다. 순득 아재와 옥문이 들어서자, 사람들끼리 오가던 말이 뚝 끊겼다.

옥문과 순득 아재가 자리에 앉자, 통역관은 손바닥으로 옥문을 가리켰다. 그리고 유구 말로 유창하게 말했다.

"이 댁의 귀중품을 지킨 조선 소년입니다."

사람들이 박수를 쳤다. 옥문은 어깨가 움츠러들었다. 뭔 일인지 몰라 엉덩이를 어정쩡하게 들고 일어섰다. 얼굴이 화끈거렸다.

통역관이 조선 말로 나지막이 물었다.

"저 부인, 보… 아니, 뵌 적 있지?"

"네……."

옥문과 눈이 마주친 부인이 싱긋 웃었다. 통역관이 진지하게 말했다.

"네가 돌려준 주, 주머니 속에 부인을 지키는…, 거, 뭐더라? 아, 그래. 부, 부적! 부적이 들어있었대. 유구인들은 몸에 지닌 부적을 잃어버리면 부, 불행해진다고 여기지. 너에게 가, 감사하다고 이 자리에 초대했단다."

옥문은 무어라 대꾸하고 싶었다. 하지만 생각이 뒤엉킨 듯 마땅한 말이 떠오르지 않았다.

"후뀌인(부인)……, 주라사.(고맙습니다.)"

순득 아재가 답답했는지 대신 대답했다. 그리고 통역관을 한번 쳐다보았다. 통역관은 순득 아재의 말을 냉큼 유구 말로 바꾸어 통역했다.

"별일이 아닌데도 이렇게 불러줘서 고맙습니다."

부인은 옥문에게 다가와 무릎을 꿇고, 머리도 살짝 숙였다.

옥문도 머리를 숙였다.

부인이 입을 가리고 웃는데, 손등에 큰 점 하나와, 손마디에 다섯 개의 작은 점이 뚜렷하게 보였다.

'한날 어린 내게도 머리를 숙이네. 젖머슴으로 부리면 어쩌나 걱정했는디.'

옥문은 큰 소리로 웃고 싶었지만, 꾹 참았다. 그저 부인 손등만 슬쩍슬쩍 쳐다보았다. 통역관이 옥문의 마음을 알았는지 일러주었다.

"호, 혼인한 부인들은 소, 손에다 점을 새긴단다. 조선과 다르지? 구, 궁금한 게 있으면 언제든 물어봐."

옥문은 내친김에 물었다.

"아, 예. 저기…, 어부들 몸에도 까만 줄이 그어져 있던디요?"

통역관이 빙그레 웃었다.

"허허. 네가 꼬, 꼼꼼하구나. 그건 바다의 신에게 야, 약해 보이지 않으려고 거…, 뭐더라…, 뭐였지? 맞아! 무, 문신. 문신으로 새긴단다. 아이고, 부모님이 돌아가시고 조선 말을 잘 안 쓰니까 마, 말을 많이 까먹었어."

통역관은 옥문과 순득 아재를 번갈아 바라보았다. 그리고

방 안에 앉은 사람들에게 옥문이가 착하고 부지런한 아이라고 소개했다. 이어 순득 아재에게 머리를 숙였다.

"당신들이 성난 바람과 파도랑 싸워서 이겼다며 유구인들이 매우 존경하고 있습니다. 그 뭐냐……, 음, 친척. 아니, 가족처럼 맞이해 주고 싶다고 마을의 해, 행사에 초대한답니다."

"주주라사.(매우 고맙습니다.)"

순득 아재가 머리를 깊이 숙였다.

대갓집에 다녀온 뒤, 순득 아재는 종이에다 글을 썼다.

옥문은 부러운 듯 바라보았다.

"이리 써 두면 몇 년, 아니 몇 십 년이 흘러도 금세 기억 나겄는디요. 머릿속에 담아둔 말도 기억날까요? 뭐, 써먹을 일은 없겄지만요."

"뭐든 배워두면 필요한 때가 있을 것이다. 긍께 뭐든 잘 배워둬."

글씨에 집중하던 순득 아재는 건성으로 대답했다.

옥문은 마당에 나와 숯으로 대갓집을 그려보았다. 그날 알아낸 유구 말도 중얼거렸다.

나하에서 한 달 보름쯤 지나자 오월이 다가왔다. 일행은 마을 결혼식에 초대를 받았다. 사람도 많았고, 잔칫상에 음식도 넘쳤다. 떡과 고기를 본 무청은 눈을 커다랗게 떴다. 중원의 입도 귀에 걸렸다.

"아따, 먹을 게 산더미네잉. 오랜만에 눈과 입이 호강하겄는디."

옥문은 하얀 쌀밥을 한술 크게 떠먹었다. 마침 통역관이 다가왔다.

"천천히 먹어라. 체, 체할라!"

"예. 근디 유구 사람들은 쌀밥을 자주 먹는당가요?"

옥문은 양 볼이 빵빵한 채로 물었다.

"유구는 날씨가 덥고 비가 자주 내려서 일 년에 두 번…… 맞다, 추수! 추수를 한단다. 오월에 한 번, 다시 모를 심어서 시, 십일월에 또 거두지."

"아따 그러믄 여기 사람들은 배곯을 걱정은 없겠구마잉. 살 만한 나라네."

소금장수가 고야 볶음을 입에 가득 넣었다. 옥문도 반찬을 씹으며 통역관에게 물었다.

"참, 고야를 보니 생각나는디요. 우리가 막 도착했을 때, 움막에다 가뒀당께요. 왜 그런지 아신당가요?"

통역관이 술을 한잔 쭉 들이켰다. 얼굴이 금세 붉어졌다.

"오래전에…."

통역관은 말을 끊었다. 순득 아재가 통역관의 잔에 술을 따라주었다. 통역관은 술잔을 바라보다가 다시 입을 뗐다.

"유구는 옆 나라 일본한테 치, 침략을 받았고, 지금도…… 그래, 가, 간섭을 받고 있어. 그 사실이 청나라에 알려지면 큰일이거든. 청나라가 일본을 매우 싫어해서 말이야. 혹, 유구에서 전쟁이 날 수도 있고. 그래서 표류인들이 혹시 그 비밀을 퍼, 퍼트릴까 봐 가뒀을 거야."

"그럼 어쩐다요? 이제 알아 버렸는디, 어째요?"

옥문은 밥숟갈을 들고만 있었다. 국물을 후루룩 들이켜던 소금장수가 말했다.

"어쩌긴! 비밀을 지키면 되제. 유구 사람들은 우리를 다정하게 잘 대해줬응께."

"그래! 인정스레 대했제. 긍게 우리도 의리를 지키면 되제잉."

순득 아재가 술잔을 탁 놓았다. 무청은 주먹을 꽉 쥐고 눈에다 힘까지 넣었다.

"글치! 한마디로 의리랑께!"

"의리!"

중원과 옥문도 주먹을 따라 쥐었다.

그 뒤로 마을 결혼식과 장례식에 몇 번 더 참석을 했다. 옥문은 한 번 다녀온 뒤로는 핑계를 대고 가지 않았다. 통역관이 전한 말 때문이었다.

"대갓집 부인이 널 그 뭐냐. 그래, 야, 양자! 양자로 들이고 싶단다. 고, 공부도 시켜 주고, 자, 장사도 하게끔 도와준단다. 혹시, 유구에서 살 생각이 없느냐? 그, 글은 내가 가르쳐주마!"

"옛?"

옥문은 며칠 동안 마음이 어지러웠다. 아재들한테 말도 꺼내지 않았다.

"나를 귀하게 대접해주니 참말로 고맙긴 한디……."

8

또, 바람과 싸우다

순득 아재가 종이에다 글을 쓱쓱 적었다. 물끄러미 바라보던 옥문이 물었다.

"무슨 글잔가요?"

"아, 이건 '소척문'. 새끼 배가 드나드는 문이란 뜻이제."

"배 안에다 새끼 배를 뭐한다고 넣어뒀당가요?"

옥문은 눈을 끔벅거렸다.

"항해하다가 물과 식량이 떨어졌을 때, 배가 크면 작은 나루터로 다가가질 못하잖냐. 그럴 때 옆구리 문으로 새끼 배를 내보내제."

"아, 그렇구나. 저 같은 까막눈도 볼 수 있음 좋을 텐디. 글자는 어려운께 그림이라도 요렇게 그려 놓으면……, 헤헤."

옥문이 손가락으로 길게 선을 긋는 시늉을 했다. 그 모습에 순득 아재가 무릎을 탁 쳤다.

"그래, 그림이야! 그림을 그려 두면 더 자세히 기억할 수 있겄네잉!"

그때부터 순득 아재는 자세히 살핀 것들을 글과 그림으로 기록해 두었다. 밖으로 나설 땐 항상 붓과 종이를 챙겼다. 등허리가 땀에 푹 젖어도 더 보고 더 기록하려고 바삐 움직였다. 함께 따라다니던 옥문도 순득 아재처럼 이모저모 살피는 버릇이 생겼다.

마을 장례식에 다녀오던 날, 순득 아재는 옥문의 재주를 알아보았다.

옥문은 장례 풍경을 그리고 글자도 써넣었다.

"우아, 정말 네가 그린 거냐? 글자도 네가 썼고?"

순득 아재가 깜짝 놀라자, 옥문은 천천히 글을 읽어보았다.

"'家(가), 族(족), 墓(묘)."

"허허, 제법이구만. 아니, 제법이 뭐시당가. 하도 빨리 깨쳐서 대단하네잉!"

순득 아재 칭찬에 옥문은 머리를 벅벅 긁었다.

"겨우 몇 글자만 배웠는디요."

옥문은 통역관한테 글을 가르쳐달라고 졸랐다. 몇 글자를 익힌 뒤에는 글만 보면 읽고 싶어서 몸이 달아올랐다.

"말도 금세 배우고, 그림에다 글자까지. 옥문이 네 재주가 부럽구나."

소금장수가 옥문의 머리를 쓰다듬었다. 무청은 그림을 보는가 싶더니 한쪽으로 쓱 밀쳐내면서 시큰둥하니 말했다.

"허, 나는 까막눈이라 글자도 그림 갈구만. 골치 아프게 글자는 뭣하러 배워!"

"글을 알면, 세상이 달라 보이제. 옥문아, 이왕 해 본 것 힘껏 배워 봐라잉."

소금장수는 옥문을 응원해 주었다.

"주는 밥 먹으면서 글과 그림을 가까이 하는 건 양반들이나 하는 짓이제. 소용없는 짓거리에 헛바람 들게 하지 말어."

호겸 어른은 걱정스러운 눈길로 옥문을 쳐다보았다.

'글을 알면 세상이 달라 보일까? 유구에서 살아가면 몰라도 …….'

옥문은 남몰래 깊은 숨을 내쉬었다.

장대 같은 비가 쏟아지던 날, 순득 아재가 비를 흠뻑 맞고 돌아왔다.

"진공선 세 척이 청나라로 떠난다네. 다들 떠날 준비를 하자고."

"진공선이 뭐당가요?"

옥문이 순득 아재한테 물었다. 순득 아재는 시장에서 사 온 유리구슬을 들어 보였다.

"청나라 조정에 바칠 진상품 같은 걸 싣고 가는 배란다."

"황제한테 바치는 물건하고 우리처럼 천한 것들이 함께 탈 수 있당가요?"

무청이 유리구슬에 눈을 바싹 들이대며 물었다.

"바다로 나가는 배를 타는 건디, 뭔 차별을 하것어요?"

옥문이 무심코 대꾸하자 무청이 눈살을 찌푸렸다. 소금장수가 무청의 어깨를 누르며 말했다.

"그라제. 진공선이든 고깃배든 바다로 나설 때는 다 똑같이 대접하겄지."

무청은 입을 삐죽 내밀었다.

"어린 것이 어른 말에 톡톡 끼어들기나 하고. 잘한다고 해 주니 진짜 잘난 줄 알제?"

옥문은 눈을 내리깔고 고개를 돌려버렸다.

청나라로 떠나는 날, 아재들은 진공선 아래에서 혀를 내둘렀다. 엄청나게 큰 배 앞에서 옥문도 입을 헤 벌렸다. 소금장수가 귀띔해 주었다.

"두 척엔 진상품이랑 장사할 물건을 싣고, 나머지 한 척에 청나라 표류인과 관원들, 글고 우리 여섯까지 보태서 자그마치 백 명 정도가 탄다던디."

"우악! 백 명이나요? 청나라까진 얼마나 걸린대요?"

옥문의 말에 소금장수가 손가락을 쫙 펼쳐보였다.

"열흘 뒤면 도착한다더라."

고개를 끄덕이던 옥문은 다른 진공선에 오르는 소년을 보았다. 칼을 든 무사도 뒤따랐다.

소금장수가 무청의 등을 툭툭 쳤다.

"저기, 일전에 자네랑 부딪친 무사 맞제?"

"맞구만요. 안 그래도 통역관한테 물었더니 저 무사가 사절단 대표 아들을 호위한다더만요. 진공선에 탄다고 다 같은 신세는 아니지라."

무청이 옥문을 째려보았다. 옥문은 무청의 눈길을 외면하며 하늘로 시선을 옮겼다.

'하늘 아래 모든 사람은 귀하고 천한 걸로 나눌 수 없다 했는디.'

옥문은 손암 선생이 떠올라 눈을 감았다. 물기 머금은 바람이 얼굴에 닿았다. 후덥지근했다. 목 뒤에서 땀이 끈적끈적 삐져나왔다.

세 척의 진공선은 나하 선착장을 시끌벅적하게 떠나, 이틀 뒤 작은 섬에 닿았다.

유구 관리들은 섬의 기도당으로 몰려갔다. 순득 아재와 호겸 어른도 따라갔다. 기도는 언제 끝날지 몰랐다. 기다림이 지겨워서 옥문과 아재들은 섬을 둘러보았다.

흰 구름이 둥실둥실 떠 있는 파란 하늘, 손을 담그면 쪽빛 물이 스며들 것 같은 바닷물, 바위에 듬성듬성 앉은 물새들, 물기 없는 바람까지, 모든 게 아름다운 섬이었다.

옥문은 매끈한 돌멩이들을 주워 바다에다 퐁퐁 던졌다. 소금장수는 두 팔을 벌려 가슴을 쑥 내밀었다.

"이 섬은 눌러앉고 싶을 만큼 곱고 깨끗하다잉."

"평생 살고 싶을 정도로 좋네요."

옥문은 제 말에 흠칫 놀랐다.

무청은 풀밭에 드러누워, 옥문을 게슴츠레 쳐다보았다. 그리고 옷고름에서 삐져나온 실밥을 툭툭 뜯어냈다.

"나는 누더기여도 조선 옷이 참말로 편하당께. 유구 옷은 영 마음에 안 차. 서걱서걱 소리도 거슬리고."

유구 옷을 걸친 옥문은 못 들은 척했다.

"옥문이는 유구 옷도 잘 어울린다야."

중원이 옥문의 소매를 쓰윽 쓰다듬었다.

"제 옷이 하도 낡고 작아져서 입을 수가 없……."

대꾸하는 옥문의 머리를 무청이 휙 잡아당겼다.

"아얏!"

"왜! 유구인처럼 머리카락도 확 밀어버리지 그러냐!"

눈을 감고 있던 소금장수가 낮고 굵은 목소리로 말했다.

"어허, 이 사람아! 어린 옥문이한테 시방 뭐하는 짓이여?"

"양반도 아닌 상것이 글과 그림을 가까이 하더니 뭐라도 된 줄 알잖아요! 캬악, 퉤!"

무청은 목구멍에서 끌어올린 가래를 내뱉었다.

옥문은 한숨을 푹 내쉬었다. 때마침 유구 관원이 손나팔을 만들어 소리쳤다.

“진공선에 오르시오. 이제 청나라로 갑시다.”

여럿이 모인 청나라인들이 조잘조잘 떠들었다. 이마를 찌푸린 무청이 손가락으로 옥문의 가슴을 찔렀다.

“유구 말도 금세 기억하니 이 말도 꼭 기억해 놔라잉. 넌 하찮은 심부름꾼이여. 유구 사람이 아닌 조선 사람이고!”

소금장수가 옥문한테 눈을 끔쩍거렸다.

옥문은 슬그머니 주먹을 꽉 그러쥐었다가 풀었다. 어깨를 축 늘어뜨리고 걷다가, 나하 선착장에서 본 소년과 마주쳤다. 소년은 옥문의 어깨를 툭 치며 지나갔다.

‘쳇! 사람을 쳤으면서 미안하다는 말도 없네잉. 높은 관리 아들이면 다야!’

옥문은 부딪친 어깨를 툭툭 털었다. 무청이 풀잎을 질겅질겅 씹어대며 비아냥거렸다.

“우리가 저 공자랑 다른 신세라는 걸 알아야제!”

유구 관원이 재촉했다.

“지금 오르지 않으면 놔두고 갈 것이오! 그러니 어서어서 움직이시오.”

바람이 후르르 몰려왔다. 아까와 다른 바람이었다. 옥문은 고개를 갸웃거렸다.

‘물기가 느껴지는디? 유구 진공선은 웬만한 비바람에 끄떡없나 보네잉.’

사람들이 모두 오르자, 진공선은 서서히 움직이며 큰 바다로 나갔다.

반나절쯤 지나자, 시커먼 구름이 갑판 위로 몰려왔다.

“바람이 갑자기 거세졌당께. 웬만하면 갑판으로 나가지 말어. 진공선이 튼튼해도 굴러다닐만한 건 다 묶어 놓고. 무청은 어디 갔당가?”

순득 아재 말이 끝나자마자, 높다란 파도가 진공선 옆구리를 퍽 들이박았다. 진공선이 스윽 기울었다가 서서히 되돌아왔다.

“파도에 기울어지는 건, 조선 배랑 똑같은디. 이 정도 바람에 탈이 나진 않것제?”

호겸 어른은 곰방대를 뻑뻑 빨아댔다. 옆자리에 앉은 청나라인들이 우우 함성을 질렀다.

파도가 뱃머리를 연거푸 때렸다. 갑판 위로 바닷물이 좌악 넘어왔다. 배가 이리저리 흔들리자, 옥문은 속이 울렁거렸다. 갑판으로 뛰쳐나가 연신 헛구역질을 했다.

"옥문아, 어여 들어와라잉!"

순득 아재가 소리쳤다.

"우엑! 우엑!"

몇 차례의 구역질과 토를 한 다음에야 옥문은 정신을 차렸다. 속이 편해지자 바다로 팽개쳐졌던 기억이 떠올라 다리가 달달 떨렸다.

갑판에는 관원들이 바삐 뛰어다녔다. 미끄러지고 넘어지고 난리가 벌어졌다.

옥문은 엉금엉금 기어서 안으로 들어왔다. 그 뒤로 무청이 휘청거리며 오더니 호들갑을 떨었다.

"귀신 곡할 노릇이당께요. 진공선 한 척이 안개 속으로 사라져 버렸대요."

"세상에! 진공선이 가라앉았단 말이당가?"

호겸 어른은 곰방대를 툭 떨어뜨리며 물었다. 무청이 대답하려는 순간, 펑 하는 폭발음이 들렸다. 배가 휘청했다.

"삼촌, 삼촌!"

순득 아재가 호겸 어른을 보듬으며 소리쳤다. 밖에서는 청나라인들이 내지르는 비명 소리가 커다랗게 들렸다. 옥문과 아재들은 호겸 어른과 갑판을 번갈아 바라보았다.

"삼촌은 내가 챙길 테니 밖에 뭔 일인가 가 보랑께."

순득 아재 말에 옥문과 아재들은 후다닥 달려 나갔다. 앞서 가던 진공선이 휘익 넘어가면서 빠지직 부서지고 있었다.

옥문은 눈을 비벼댔다. 눈앞에 보이는 일이 믿어지지 않았다. 무청이 털썩 주저앉았다.

"지, 진공선이… 부서져부렀어! 한 척은 사라지고, 한 척은 박살이 나부렀어!"

바다에는 부서진 진공선에서 떨어져 나온 사람들이 허우적거리고 있었다. 수많은 짐들도 둥둥 떠다녔다. 파도가 덮치자 사람들 머리가 사라졌다가 조금 뒤 쑥, 쑥 올라왔다. 짐도 마찬가지였다.

"뗏목을 던져! 사람부터 구해!"

옥문은 파도가 치솟을 때마다 심장이 퉁퉁 울렸다. 바들바들 떨었다. 발이 바닥에 붙은 것처럼 꼼짝할 수 없었다. 바람이 휘몰아칠수록, 파도가 높아질수록 몸뚱이를 수그렸다. 이내 바닥에 납작 붙어버렸다.

진공선 뱃머리가 쑥 올라갔다가 미끄러지듯 곤두박질쳤다. 옥문은 소금장수와 중원이 관원에게 다가가는 걸 보았다. 곧 옥문의 눈이 커다래졌다.

소금장수와 중원은 줄로 허리를 묶은 뒤, 파도 속으로 뛰어들었다.

"아재!"

옥문은 허공에다 한 손을 내뻗었다. 소금장수와 중원은 바다에 떠 있는 사람들의 손을 잡아주고, 뗏목으로 올려주었다. 아재들 얼굴도 파도 속으로 들어갔다 나오길 몇 번이나 되풀이했다.

반쯤 몸을 일으켜 바라보던 옥문은 심장이 터질 것 같았다. 파도는 남은 진공선도 삼킬 기세로 다가왔다가 물러났다. 바다에는 둥둥 떠다니던 짐들이 높은 파도를 넘나 들었다.

"용왕님, 제발요! 제발 살려주쇼잉!"

무청은 침을 줄줄 흘리며 발발 떨었다. 파도랑 싸우던 아재들이 힘이 빠졌는지 줄을 퉁퉁 튕겼다. 보고 있던 관원이 다

급하게 줄을 잡아당겼다.

"줄을 끌어올려!"

곁에 있던 청나라인들이 함께 줄을 당겼다. 옥문과 무청도 일어나 달려갔다. 줄을 단단히 붙잡아 힘껏 당겼다. 소금장수와 중원은 몇 번이나 파도를 뒤집어썼지만 무사히 올라왔다. 소금장수는 축 늘어졌고, 중원은 입술이 새파래진 채 온몸을 떨었다.

"고맙구만요. 고맙구만요, 용왕님!"

무청이 중원의 팔다리를 꽉꽉 주무르며 울음을 터트렸다. 옥문도 울고 싶었지만 꿀꺽 삼켰다. 소금장수의 팔다리만 꿈질꿈질 주물렀다. 소금장수가 빙긋 웃었다.

거센 파도가 서서히 가라앉았다. 하늘은 높고 푸르렀다. 상쾌한 바람도 불었다. 언제 무슨 일이 있었냐는 듯 바다는 고요해졌다. 그제야 순득 아재가 갑판으로 나와서 얼굴을 내밀었다.

"다들 무사하제?"

"호겸 어른은 어떤가요?"

옥문이 대뜸 물어보자, 순득 아재가 손으로 머리를 짚었다.

"기둥에다 머리를 부딪쳤는디, 피를 많이 흘렸어야. 일단 무명천으로 싸매 놓긴 했다만, 어떨지 모르겠어."

옥문은 숨을 내쉬며, 하늘을 올려다보았다. 파란 하늘은 평화스러웠지만, 갑판 위는 전쟁터 같았다. 동강 난 돛대가 흩어져 있고, 돛은 너덜너덜해진 채 널브러져 있었다. 덩치 큰 짐도 터졌거나 풀어진 채 여기저기 널려 있었다.

옥문은 소금장수에게 넌지시 물었다.

"진공선이 청나라로 갈 수 있을까요?"

"아마도 남쪽으로 내려갈 게다. 그쪽에 유구인들과 친한 나라가 있다더만. 너무 걱정 말어라잉."

옥문은 물비늘이 반짝거리는 바다를 바라보았다. 거북 두 마리가 머리를 쏙 내밀었다. 그 거친 파도에서 살아남아 진공선을 앞질러 헤엄쳐 갔다. 거북이 헤엄치는 방향을 바라보는데, 저 멀리 누런빛이 희미하게 보였다. 유구 관리가 크게 소리 질렀다.

"뭍머리다. 뭍머리가 보인다!"

청나라인들은 땅이 보이는 쪽으로 우르르 몰려갔다. 옥문도 목을 길게 빼고 새로운 땅을 뚫어져라 바라보았다. 걱정과 기대가 뒤섞였다.

9

조선을 모르는 나라

땅에 발을 디디며 소금장수가 가느다랗게 눈을 떴다. 따갑게 내리쬐는 햇살에 옥문은 눈을 찡그렸다. 땀방울이 등줄기로 쭈르르 흘러내렸다.

"여긴 어디당가요?"

"여송국(필리핀)이란디, 청나라인들은 청국 마을이 있다며 겁나게 반기더구만."

소금장수가 대답했다.

옥문은 진공선에 오르던 소년이 생각났다.

'그 아이는 어찌 됐으까? 알게 뭐여! 물에 빠졌으면 호위무사가 구했겄제.'

옥문은 머리를 끄덕이며 걸었다.

순득 아재와 무청이 호겸 어른을 부축했다. 호겸 어른은 한 손으로 머리를 받친 채 무청에게 기대어 걸었다. 그 뒤를 중원이 짐을 든 채 따랐다.

무청이 말했다.

"머리 깨진 데는 된장이 좋은디. 된장을 구할랑가 모르겄소. 말도 알아먹지 못할 것인디."

"제가 구해 볼까요?"

옥문이 주변을 둘러보다가 깜짝 놀랐다. 잠시 떠올렸던 소년이 옥문 앞으로 성큼성큼 다가왔다.

"앗! 너, 살아 있었어?"

옥문이 놀라서 조선 말로 소리를 질렀다.

소년은 제 얼굴을 옥문이 가슴팍으로 훅 들이밀었다.

"꾸무스따 까! '안녕하세요!'라는 여송 인사야."

옥문은 윗몸을 뒤로 훅 뺐다. 그때, 호위무사가 허리를 굽히며 말했다.

"공자님! 어르신은 관아에 들린다고 숙소로 먼저 가시랍니다."

소년은 고개를 끄덕이더니 대뜸 손가락으로 옥문을 가리켰다.

"그래? 심심한데 잘 됐구나. 저 아이를 데려가자."

소년의 말에 아재들의 눈이 동그래졌다. 순득 아재가 유구말로 물었다.

"옥문이는 조선 사람인디, 왜 데려간다요?"

"아! 저는 쇼하시예요. 바람과 싸워서 이겼다는 아이를 만나고 싶었어요. 만날 기회가 없었는데, 여송에 머물 동안 같이 지내도록 허락해 주세요."

쇼하시가 두 손을 모아서 공손히 말했다. 그리고 옥문을 쳐다보았다. 아재들이 의심스럽게 바라보자, 호위무사가 앞으로 나섰다.

"공자님은 사절단 대표의 아드님입니다. 공자님의 말동무로 대접할 테니, 함께 가도록 해주시오. 하인처럼 막 부리진 않을 거요."

분위기를 살피던 무청이 구시렁댔다.

"풍랑을 만나서 다들 정신 없는디, 놀 궁리부터 앞세우니 철딱서니가 없네."

옥문은 순득 아재를 빤히 쳐다보았다. 순득 아재도 어째야 할지 눈만 끔뻑거렸다.

그러자 소금장수가 옥문의 어깨를 툭 디밀었다.

"어깨 펴고 댕겨 와. 타국에서 동무를 사귀어 보는 것도 좋은 경험이제!"

그제야 순득 아재도 손등으로 가라는 시늉을 보였다. 옥문은 영 내키지 않았다. 소년과 호위무사를 번갈아 보며 미적거렸다.

아무것도 모르는 쇼하시는 함빡 웃으며 말했다.

"이번 여행은 심심하지 않겠어."

배에서 내린 청인들과 마중 나온 청인들이 섞여서 선착장은 시장판처럼 와글와글 소란스러웠다.

쇼하시가 옥문의 귀에 대고 말했다.

"청나라 표류인을 맞이하는 이들은 여송에 사는 청인들이야. 저들은 여송뿐 아니라 많은 나라에 흩어져 살아. 나랏일이 시끄럽거나 처지가 곤란해지면 외국으로 내빼서 저들끼리 뭉쳐서 따로 산대."

옥문은 고개를 갸웃거렸다.

'나라가 마음에 안 들면 외국으로 달아난다고?'

쇼하시랑 걷던 옥문은 자꾸 뒤돌아보았다. 청인들 사이로 순득 아재와 호겸 어른이 어기적어기적 걷고 있었다. 호겸 어른 머리에 두른 하얀 무명천이 눈에 확 띄었다.

"빨리 와! 칼레사(마차)를 타자."

쇼하시가 망설이던 옥문을 잡아끌었다. 칼레사가 또닥또닥 소리를 내며 움직였다.

쇼하시는 칼레사에 오른 뒤 내내 싱글벙글 웃었다.

"여송에서 너랑 지낼 수 있어서 너무 좋아. 너도 좋지?"

오도카니 앉아 있던 옥문은 그제야 궁금한 걸 물었다.

"진공선 한 척은 사라지고 또 한 척은 부서졌는디, 너는 어떻게 멀쩡하냐?"

"기도당에 들렀을 때, 네가 탔던 진공선으로 갈아탔어. 처음 오른 진공선에 문제가 있었나 봐. 아버지도 갈아타셨어. 널 만나고 싶었는데, 하필 풍랑이 몰아쳐서 꼼짝도 못했잖아."

"물에 빠져 죽은 사람은 없어?"

"글쎄, 모르겠는걸. 물어보지 않았어."

'모른다고? 안 물어봤다고? 같은 배를 탔던 사람들이 죽고

사는 일인데……'

옥문은 바깥 거리로 눈길을 돌렸다. 길 양쪽으로 높은 건물이 드문드문 보였다. 네모반듯한 붉은 벽돌이 건물을 감싸고 있었다. 길쭉하니 키가 크고 이파리도 넓은 나무들이 당당하게 서 있었다.

"집을 올려다보려면 목 아프겠네잉. 눈도 빙빙 돌아가고……"

거리 구경에 푹 빠진 옥문은 입을 헤 벌렸다. 쇼하시는 옥문의 표정이 재미있는지 히죽히죽 웃었다.

"조선의 집은 유구와 여송 중에 어디랑 닮았어?"

"유구랑 비슷해. 벽에다 흙을 발라서 겨울은 따뜻하고 여름엔 시원하제. 방을 따뜻이 데우는 아궁이도 있는디…, 아궁이 모르제? 뭐, 그건 그렇고. 우리 고향은 바람이 많이 불어서 나무껍질로 지붕을 덮고, 바람에 안 날아가게 무거운 돌멩이로 꾹꾹 눌러 놔. 돌담도 쌓아 놓고."

옥문은 유구 말로 열심히 설명했다. 쇼하시는 알아들으면 고개를 끄덕거리고 모르겠다 싶으면 어깨를 으쓱했다. 옥문도 쇼하시처럼 어깨를 으쓱해 보였다. 그리고 서로 웃음을 터트렸다. 한참 마차를 타고 가던 중, 옥문은 땅 위로 불쑥 올라선

허름한 집을 보았다.

“저기 보이는 집은…….”

“여송인들 집이야. 여송에는 태풍과 땅이 갈라지는 지진이 잦아서 간단하게 집을 지어. 나무 기둥을 세우고 야자나 코코넛 잎으로 지붕을 덮으면 끝.”

“근디 왜 저렇게 높이 지었대? 위태로워 보이는디?”

“바닥이 눅눅해서 높이 짓는대. 저들은 집에 들어갈 때도 사다리를 타고 가.”

“사다리? 큰 길에서 봤던 높은 집에도 사다리가 있는가?”

“하하! 그곳은 서반아(스페인) 사람들이 살아. 사다리 대신 멋진 계단이 있을 걸. 여긴 서반아 사람들이 힘없는 여송을 빼앗아서 잘 먹고 잘 살고 있거든.”

“아, 여송도 강한 나라에 먹혔구나. 유구도 일본이 간섭 한다든디.”

쇼하시가 고개를 끄덕였다.

‘여송과 유구는 강한 나라한테 간섭을 받네잉. 처지가 딱하다고 해야할랑가.’

옥문은 쇼하시 얼굴을 빤히 바라보며 물었다.

"너는 여송 사정을 어찌 그리도 자세히 아냐?"

"당연히…, 아버지가 알려주시지. 아버지는 서반아나 일본처럼 강하려면 열심히 공부하라고 다그치셔. 생각만 해도 속이 답답해. 나는 무예를 배우는 게 좋은데, 아버지는 반대하시지. 큰 장사꾼이 되래."

"장사꾼? 장사꾼을 하려면 글공부도 해야 할 텐디? 까막눈이면 장부도 못 보잖아. 셈도 힘들고."

옥문은 제가 아는 만큼 대답했다.

"그러니까 싫다는 거야. 장사든 무예든 자신이 하고 싶은 걸 해야지. 어른 뜻대로 하는 건 딱 질색이야."

쇼하시가 얼굴을 찡그리자, 옥문은 목소리를 가다듬었다.

"조선에선 공부를 하고 싶어도 높은 양반만 할 수 있당께. 하고 싶어도 못해야. 글고 장사 따윈 엄청 얕잡아 봐. 유구는 장사를 귀히 여기니 얼마나 다행이냐."

"장사를 왜 무시하는데?"

"음, 그것이 내 생각엔 농사는 땀 흘려 일한께 정직하고, 장사는 남의 물건으로 이득을 얻는께 꼴사납다고 여기는 게 아닐까 싶은디."

"이득을 얻는 게 뭐가 나빠?"

"장사로 부자 되는 길이 생기면 다들 농사는 때려치우고 장삿길에 나서지 않겄어. 그리되면 농사짓는 사람이 줄어들 거고……."

쇼하시는 고개를 갸우뚱거리다가, 버럭 소리를 질렀다.

"됐어. 조선의 일까지 알고 싶지 않아. 아무튼, 너랑 있을 때는 공부 생각은 안 할래. 둘이서 재미나게 놀아보자."

옥문은 쇼하시를 부러운 눈으로 바라보았다.

칼레사가 멈추었다. 밖으로 나오자 바다가 한눈에 들어왔다. 휘영청 구부러진 나무가 줄줄이 서 있었다.

"저쪽으로 가 볼래?"

옥문은 쇼하시와 함께 뛰었다. 유구에서 보던 맹갈나무가 우뚝우뚝 서 있었다. 뿌리는 물에 잠겼는데, 물속이 훤히 다 보였다. 뿌리엔 굴과 새우가 달라붙어 있고, 자잘한 물고기들이 노닐고 있었다.

옥문은 나무를 올려다보며 말했다.

"여송에도 맹갈나무가 있네잉."

"뭐야? 이 나무를 알아? 에이, 가르쳐 주려고 했는데."

쇼하시가 어깨를 으쓱거렸다. 옥문은 맹갈나무 잎을 만지작거리며 물었다.

"맹갈나무는 높은 파도를 막는다던디, 맞제?"

"바다 지진도 막을 수 있어."

"바다 지진?"

옥문이 눈을 동그래 떴다. 그 모습을 보고 쇼하시는 신이 나서 떠들었다.

"바다 지진이 일어나면 엄청난 파도가 몰려와서 육지의 집과 사람들을 순식간에 바다로 끌고 가버려."

옥문은 아 하고 입을 쩍 벌렸다.

"뭍의 것을 모조리 끌고 갈 정도로 여송의 용왕님은 힘이 쎈가 보네?"

"응? 아니야. 여송에는 더 강한 분이 계셔."

"더 강한 분? 그게 누군디?"

옥문은 정말 궁금하단 표정으로 물었다.

"궁금해? 그럼 나를 잡아 봐. 잡으면 알려 주지!"

갑자기 쇼하시가 옥문의 가슴을 툭 치고 달아났다. 옥문이 두 팔을 휘저으며 쫓아갔다. 쇼하시는 두 사람을 지켜보고 있던 호위무사한테 달려갔다. 까르르 웃으며 호위무사 등 뒤로 숨었다.

해가 서쪽 하늘로 넘어갔다. 주변이 붉은 빛으로 곱게 물들었다. 쇼하시와 함께 뛰어다니던 옥문은 문득 멈추어 주위를 둘러보았다. 우이도의 모래 언덕에서 보던 노을이 떠올랐다. 코끝이 시큰했다.

'돌이는 잘 있을랑가?'

후덥지근한 바람이 불었다. 옥문은 허전하고 불안했다. 아재들 생각이 났다. 옥문은 잠은 아재들과 같이 자고 싶다고 쇼하시를 졸랐지만, 들어주지 않았다. 꼬박 닷새를 보내고서야 옥문은 아재들에게 돌아가게 되었다.

이른 아침, 호위무사가 휘파람을 불었다. 마차 달린 검은 말이 또각또각 걸어왔다.

'아따, 말도 기름기가 좔좔 흐르네잉.'

옥문은 쇼하시랑 함께 칼레사에 올랐다. 쇼하시는 입을 쭉 내밀었다. 옥문은 너스레를 떨었다.

"일도 않고 놀기만 한 건 생전 처음이랑께. 네 덕분에 호강했어야. 고마워."

쇼하시는 부채를 흔들며 픽 웃었다. 마침 비가 내렸다가 곧 그쳤다.

"여송 날씨는 희한해. 아침저녁은 시원한디, 한낮엔 불가마처럼 뜨겁당께. 그나마 날마다 비가 내리니 참을만 하제."

옥문은 거리를 내다보다가 고개를 갸우뚱거렸다. 하얗고 높은 건물의 오색 유리창이 눈에 띄었다. 건물 꼭대기엔 사람 모양의 조각이 붙어 있었다. 그는 반바지만 걸쳤고, 꽃관을 쓰고 있었다.

"저기 높은 데 매달린 조각은 누구야?"

옥문의 물음에 쇼하시가 씨익 웃었다.

"여송인들이 따르는 하늘님이야."

"용왕님보다 힘이 세다는 분이야?"

쇼하시가 고개를 끄덕했다. 옥문은 새삼 손암 선생이 떠올랐다.

'나리가 말씀하시던 하늘님인가?'

옥문의 생각은 이어지지 못했다. 곧 청국 마을에 도착했기 때문이다.

마을로 들어서자, 움막들이 다닥다닥 붙어 있었다. 움막은 지푸라기로 얼기설기 엮은 세모꼴 지붕에다 잎 넓은 야자나무가 드리워져 있었다. 군데군데 흙무더기가 쌓여 있었다. 비가 내린 뒤라 바닥은 질퍽했고, 구린내와 지린내가 섞여서 코를 찔렀다.

"헉! 이게 무슨 냄새야?"

쇼하시가 코를 잡고, 이마를 잔뜩 찌푸렸다. 호위무사가 얼른 대답했다.

"양고기와 오물 냄새가 섞여 악취가 나는 겁니다."

옥문은 바닥이 진창이라 마른 데를 찾아서 디뎠다. 쇼하시가 거드름을 피우며 말했다.

"저기 흙무더기 보이지? 청인들은 저걸로 도자기를 만들어서 서반아인에게 팔아넘겨."

옥문은 쇼하시의 이야기가 재밌는다는 듯 고개를 끄덕였다. 마을 깊숙이 들어가자 역한 냄새가 심하게 났다.

"으, 안 되겠어. 토할 것 같아. 이만 나가자."

쇼하시는 호들갑스레 숨을 내뱉으며 홱 돌아섰다. 호위무사가 옥문의 귀에 대고 말했다.

"너의 일행은 여기 있을 거다. 들어가 봐. 그동안 공자님이랑 어울리느라 애썼다."

"아녜요. 제가 더 즐거웠당께요. 쇼하시! 잘 가."

옥문이가 소리쳤다. 쇼하시는 돌아보지 않고 손만 들어서 휘저었다. 쇼하시가 안 보이자, 옥문은 나무판자를 쓱 밀었다.

안으로 들어서니 마당에 진흙 판이 둥그렇게 펼쳐져 있었다. 판 가운데에 굵직한 나무 기둥이 박혔는데, 소를 닮은 짐승이 묶인 채 천천히 돌고 있었다. 짐승이 걸을 때마다 원 밖으로 진흙이 삐져나왔다.

소금장수와 무청은 불거져 나온 진흙을 도로 밀어 넣고 있었다.

"지금, 저 짐승이 뭐하고 있당가요?"

옥문의 말소리에 두 사람이 일손을 놓고 쳐다보았다.

10

넷은 떠나고, 둘만 남았어!

무청이 옥문을 슬쩍 올려다보며 말했다.

"워따메, 잘 놀다 왔는갑네. 보면 모르겄냐. 소잖어, 소. 물소랑께."

"오메? 성의 있게 대답도 해주고, 무청이 옥문을 기다렸나 본디? 하하!"

얼굴과 손등에 흙투성이인 소금장수가 시원하게 웃었다. 웃음소리에 순득 아재가 얼굴을 내밀었다.

"옥문이, 왔냐? 얼굴이 반질반질하니 잘 지냈나 보네잉."

"호겸 어른의 상처는 다 나았당가요?"

옥문의 말에 나무 상자에다 흙덩이를 밀어 넣던 무청이 대뜸 대답했다.

"말 마라. 된장을 못 구해서, 청인들이 상처에 바른다는 오징어 뼛가루를 발랐더니 덧나버렸시야. 어서 나아야 집에 갈 건디, 큰일이제."

중원은 새끼줄로 묶은 흙덩이를 진흙 판으로 휙 던졌다. 그 흙덩이를 소금장수가 부스러뜨렸다. 옥문도 소매를 걷어붙이고 달려들었다.

"근디 물소가 흙을 밟아주면 어떻게 되는가요?"

"떡처럼 찰지고 부드러워진 흙을 청인한테 넘겨주고 돈을 받는당께. 그 돈으로 끼니를 사 먹제."

"아, 청인들이 만든 도자기를 서반아 사람들이 다 산대요."

옥문의 말에 순득 아재는 흙덩이를 세게 으스러뜨렸다.

무청이 끼어들었다.

"입에 풀칠하느라 청인을 돕지만, 아니꼽고 더러워서 원. 어서 떠나고 싶당께."

옥문은 호위무사에게 들었던 말을 전했다.

"유구 관리들은 당장 떠나려는데, 청인들이 자꾸 미룬대요. 두 번이나 죽을 뻔했다며 바람 순한 날에 떠나겠다고 늑장을 피운다더만요."

"삼촌의 머리 상처만 나으면 우린 무조건 떠날 거여."

순득 아재가 딱 잘라 말했다. 소금장수도 거들었다.

"암. 낯선 땅에서 돈 버는 게 쉽지 않제. 그나마 마음껏 돌아다녀서 유구보다야 낫지만……."

소금장수가 더 말을 하려다 끊었다. 청인들이 왁자지껄 떠들며 들어왔다. 그들은 이를 쑤시거나, 배를 쓰다듬었다.

옥문은 진흙덩이를 판으로 밀어 넣느라 끙끙 힘을 주었다. 삐쩍 마른 팔뚝에 힘줄이 불끈 드러났다. 순득 아재가 한마디 했다.

"와, 옥문이가 힘 좀 쓰네잉. 열흘 뒤엔 진공선이 출발한다니까 다들 조금만 참어. 청으로 가면 탈 없이 조선에 닿을 텐께."

옥문은 열심히 놀리던 손을 멈칫거렸다.

'집, 집에 가는 구나. 그래, 가야지……'

옥문은 손을 탁탁 털며 중원에게 물었다.

"근디 아재들은 어디서 지냈당가요?"

중원이 불쑥 솟아오른 집을 눈짓으로 가리켰다. 옥문은 힐끔 돌아보고 사다리를 찾았다. 슬그머니 일어나 사다리를 타고 올라가 보았다. 높은 다락일 줄 알았는데, 천장이 높았다. 창문도 있어서 시원했다. 밖을 내다보니 길 너머에 하얗고 커다란 집이 덩그마니 서 있었다.

'하늘님이 산다는 집이네.'

옥문은 신기한 듯 바라보았다.

열흘 뒤, 쇼하시 아버지가 관원들과 함께 청국 마을에 나타났다. 쇼하시랑 호위무사도 따라왔다.

"들으시오! 이미 말했듯 내일은 진공선을 띄울 거요. 그동안 많이 기다렸소. 내일 진공선에 타지 않으면 여송에 남는 것으로 알겠소."

쇼하시가 옥문한테 다가와 간지럼을 태웠다. 옥문이 낄낄거리자, 순득 아재가 헛기침을 했다. 옥문은 움찔하며 뒤로 물러났다. 쇼하시는 손에 든 부채만 흔들었다.

청인들은 의견이 두 패로 나뉜 채 왁시글거렸다. 쇼하시 아버지가 얼굴을 일그러뜨렸다. 함께 왔던 관원이 소리쳤다.

"황제께 진상품을 바쳐야 하는 날이 임박했소. 내일은 반드시 떠나야 하오."

남겠다고 말한 사람이 허리에 손을 얹으며 대꾸했다.

"두 번이나 물귀신이 될 뻔했는데, 바람이 순한 계절에 떠나자는 게 뭔 잘못이오!"

또 다른 사람이 끼어들었다.

"내일 떠납시다. 표류하던 우리를 구해 준 유구인들도 장사를 해야 되잖소."

청인들 입씨름에 유구 관원의 목소리도 높아졌다.

"다시 들으시오. 우린 내일 떠날 것이고, 여송에 남는다면 알아서 살아가시오. 더는 도와줄 수 없소이다."

청인들은 머리를 맞대고 쑥덕거렸다. 남겠다는 사내가 불뚝한 배를 내밀며 팔자걸음으로 어기적어기적 다가갔다. 옥문과 쇼하시의 눈이 둥그레졌다.

"바람이 잦아질 때까지 기다린다잖소. 또 태풍에 휩쓸리면 어쩔 거요?"

"지금은 배 띄우기 적당하고, 진공선도 튼튼하게 고쳤소."

"두 번이나 죽을 뻔했고, 풍랑에 쓰러진 진공선을 어떻게 믿어! 좋은 날 가자는데 왜 이렇게 빡빡하게 굴어!"

청인의 험한 말에 유구 관원도 핏대를 세우고 물러서지 않았다. 잠자코 듣던 순득 아재가 벌떡 일어났다.

“실랑이를 벌이다가 큰 싸움이 나것소. 내가 한번 저들을 설득해 볼 텐께, 먼저 가서 기다리는 게 좋겄당께요.”

“흠……, 좋소! 당신을 믿어보겠소. 허나 오래 기다리진 않을 거요.”

유구 관리는 미심쩍은 눈길을 보냈다.

순득 아재는 소금장수에게 호겸 어른을 부탁했다. 소금장수와 다른 아재들은 보따리를 꾸렸다. 옥문도 제 보따리를 주섬주섬 챙겼다. 그런데 순득 아재가 옥문을 불렀다.

“니는 내 옆에 있어라잉.”

“옛? 아, 예!”

옥문은 얼결에 대답했다. 눈치를 알아챈 쇼하시가 입을 삐죽거리며 휭 가버렸다.

쇼하시 아버지랑 관원들도 떠났다. 함께 가겠다던 청인들도 나섰다. 유구 관원이 마지막으로 떠나며 말했다.

“저들 마음이 바뀔지 모르겠소. 타협이 안 되면 그냥 놔두고 오시오.”

호겸 어른과 아재들이 떠나지 못하고 서성댔다. 순득 아재가 소금장수의 등을 떠밀었다.

“걱정 말고 먼저 가 있으랑께. 저들이 소란 피우다가 큰 싸움이라도 날까 봐 말린거여. 말이 안 먹히면 쫓아갈 텐께 걱정 말드라고.”

“너무 애쓰지 말어. 알았제?”

순득 아재가 고개를 끄덕였다.

옥문은 손을 들어 아재들을 배웅했다. 이상했다. 손끝이 간질간질하고 마음이 텅 비는 것 같았다. 손바닥엔 물기도 느껴졌다.

“청인들은 비 온다는 핑계로 더 버틸 거 같은디요?”

“긍게 말이여. 그래도 풍랑을 함께 뚫고 왔는디, 같이 떠나야제.”

순득 아재는 청인들에게 다가가 술을 권했다. 바위처럼 꿈쩍 않던 사람들이 술이 거나해지자 불평을 늘어놓기 시작했다. 장단을 맞춰주던 순득 아재도 술에 취해 잠시 눈을 붙였다. 옆에서 하품하며 기다리던 옥문도 까무룩 잠이 들었다. 그러다 재재 지저귀는 새소리에 눈을 떴다.

“아재, 아재, 큰일 났당께요! 날이 밝았어요. 우짠다요?”

순득 아재가 화들짝 놀라 몸을 일으켰다.

"아이고야, 안 되것다. 저들은 내비 두고 우리라도 얼른 가자. 다들 기다리것네."

순득 아재와 옥문은 숨이 턱에 차도록 달렸다. 선착장에 도착해 숨을 고를 틈도 없이 두리번거렸지만, 진공선은 보이지 않았다.

"설마, 설마, 우릴 놔두고 떠나진 않았을 건디."

"긍게요! 우릴 팽개치고 갔을 리 없당께요."

순득 아재와 옥문은 이리 뛰고 저리 뛰었다. 한참 뛰어다니던 순득 아재가 땅바닥에 털썩 주저앉았다. 눈물까지 줄줄 흘렸다.

"어쩌냐, 어쩐단 말이여!"

옥문도 쪼그려 앉았다. 순득 아재처럼 눈물이 나지는 않았다. 앞이 캄캄했지만, 이상한 기분이 온몸을 휘감았다.

'돌이가 기다릴 건디.'

옥문은 먼 바다만 멍하니 바라보았다.

"당신들, 조선 사람인가요?"

낯선 남자가 유구 말을 하면서 다가왔다.

"유구 관원들이 더 이상 기다릴 수 없다며 뒤에 오라고 전합니다."

"왜요? 왜 우릴 놔두고 갔대요?"

옥문이 물었다. 유구인은 대답은 않고 하얗고 높은 건물을 손가락으로 가리켰다.

"저기 성당 보이지요? 그곳 신부님이 도와줄지 모르니 찾아가 보세요."

유구인은 자기 말만 하고 떠났다. 덩그러니 남은 순득 아재와 옥문은 한동안 넋을 놓은 채 앉아 있었다. 그러다 순득 아재가 벌떡 일어나더니 옥문을 데리고 성당으로 갔다.

성당 건물은 온통 하얬다. 안으로 들어서자 알록달록한 그림이 창과 지붕 천장에 그려져 있었다. 순득 아재의 눈이 휘둥그레졌다.

"여송인들이 따르는 하늘신을 모신 집이래요. 쇼하시가 말해줬어요."

옥문의 말소리가 울려 퍼지자, 검은 옷을 입은 신부가 다가왔다. 그는 기다렸다는 듯 유구 말로 더듬더듬 말했다.

"당신들 이야기는 들었어요. 당분간 먹을 양식은 드릴 게요.

앞으로 부지런히 일해야 해요. 청국으로 가려면 뱃삯도 벌어야 할 테니까요."

신부의 음성이 벽과 천장에 부딪혀 웅웅 울려 퍼졌다.

옥문은 천장을 올려다보았다. 무지개 색깔로 덮인 유리창이 보였다. 햇빛을 머금은 색유리는 밝고 화사했다.

순득 아재가 두리번거리며 물었다.

"여긴 뭐하는 곳이당가요?"

신부가 두 손을 모아서 공손히 대답했다.

"하느님이 계시는 장소입니다. 하느님은 모든 사람을 사랑하니, 간절하게 기도하고 행동하면 소원이 꼭 이뤄집니다. 당신들도 고향 가길 원하면 기도하세요. 아멘!"

옥문은 속으로 읊조렸다.

'우선, 여송에서 밥벌이할 수 있도록 도와주세요.'

순득 아재가 신부에게 인사하더니, 옥문의 손을 잡아당기며 허겁지겁 빠져나왔다.

"얼른 가자. 여기는 잠시도 머물러선 안 된당께."

옥문은 순득 아재가 서두르는 까닭을 알아차렸다.

"지체 높은 손암 나리도 천주신을 믿었기에 유배를 왔는디.

하물며 우리가 천주신의 집에 다녀왔다는 사실이 알려지면 어쩌겠냐? 오늘 일은 없었던 거다. 입을 꾹 다물어야 한당께. 알았제?"

성당을 빠져나온 옥문과 순득 아재는 잠시 멈춰서서 위를 올려다보았다. 꼭대기에 하얀 닭 모형이 바람 부는 방향으로 뱅글뱅글 돌아가고 있었다.

"아제, 저걸 그려 둘까요."

옥문은 붓과 종이를 꺼내서 쓱쓱 재빨리 그렸다. 순득 아재가 그림 아래에 '신묘(신의 무덤)'라고 썼다.

"이리 써 두면 누가 봐도 말썽이 없것제. 솔찬히 높다랗게 지은 걸 보니, 여송인들은 천주신을 꽤 따르나보네잉."

그날 저녁, 옥문과 아재는 여송에서 살아갈 일을 궁리했다.

"청국 마을로 가는 것보다 다른 돈벌이를 찾아야 쓰겄다. 우선, 여송 말을 좀 더 익혀야겄고. 사람이 몰리는 시장이 좋겄어."

순득 아재 말에 옥문이도 이 생각 저 생각으로 머리를 굴렸다.

"거리에 집 짓는 곳이 많았어요. 그런 곳에 일거리가 있을 것 같은디요."

"그래, 서반아인들은 나무를 많이 써서 집을 커다랗게 짓는다던디……."

옥문은 집 짓는 걸 떠올렸다. 순간 빛줄기 하나가 반짝하며 머릿속으로 들어왔다.

"아! 집을 짓다가 버리는 나무도 있을 건디요. 그 나무를 얻어다 땔감으로 다듬어서 팔아 보면 어떨까요? 쪼가리 나무는 숯을 만들어도 되고요."

"그래! 좋구나. 옥문이 네 머리가 팽팽 돌아가는 것이 나보다 낫구나."

"에이, 다 아재한테 배운 걸요."

골똘히 생각하던 순득 아재가 무릎을 탁 쳤다.

"옳거니! 여송인들은 연날리기를 좋아하던디, 연줄도 돈을 주고 사더만. 들판에 널린 띠 껍질로 지푸라기 꼬듯 꼬아서 질긴 연줄을 만들어 팔까나?"

"그거 좋은 생각이네요."

순득 아재가 옥문의 어깨를 두드렸다.

"네가 옆에 있어서 참말로 다행이랑께!"

옥문과 순득 아재는 발바닥이 짓무를 만큼 돌아다녔다. 처음에는 장사에 필요한 말을 몰라 머뭇거렸지만, 서서히 눈짓, 손짓을 섞어서 짧게 말을 붙였다. 눈치껏 알아들으며 소통을 하다가, 어느 순간 여송 말이 조금씩 귀에 들어왔다.

"아따, 우리 옥문이. 유구 말도 빨리 배우더니 여송 말도 금세 알아먹네잉. 인자 배짱도 두둑하고 제 몫은 거뜬히 허네."

"아재 따라가려면 한참 멀었당께요."

순득 아재가 만든 연줄은 인기가 많았고, 옥문의 숯과 땔감은 만들자마자 곧장 팔렸다. 시장 사람들은 순득 아재와 옥문의 솜씨에 혀를 내둘렀다.

옥문은 일이 끝나면 그날 일을 틈틈이 적거나 그림으로 그려 놓았다. 글자 몇 개는 쉬이 쓸 수 있었다.

"날짜도 빼 먹지 말고 써 둬. 그래야 기억이 잘 나제."

다섯 달쯤 지나자 두 사람의 얼굴과 팔다리는 여송인처럼 까매졌다. 치아만 하얗게 보였다.

"여송인은 뜨거운 낮엔 그늘에서 낮잠 자고, 시원한 저녁이면 잔치를 벌이니 언제 일하는지. 쯧쯧, 저리 게으름을 피우니 남의 나라한테 핍박을 받지. 조금만 부지런해도 좋을 텐디."

"천주신이 돌봐준다고 믿고선 부지런을 떨지 않아요."

"믿으면 뭐해. 몸이 따라야제. 하늘도 스스로 애쓰는 사람을 돕제."

옥문은 벙글 웃기만 했다.

옥문과 순득 아재는 장사에 재미를 붙였다. 옥문의 숯은 정말 인기가 많았다. 그 덕분에 청에 가는 뱃삯을 금방 모을 수 있었다.

일찍 숯을 팔아 치운 날, 순득 아재와 옥문은 함께 시장 구경에 나섰다.

"아재, 아재! 여기 보랑께요. 세상에! 요 작은 쇠붙이 끝에다 먹물을 묻혀 글도 쓰고 그림까지 그릴 수 있대요!"

옥문이 목소리를 높이자 순득 아재가 다가와 보았다. 그것은 새의 깃털이 달린 뾰족한 쇠붓이었다.

"붓과 먹물을 들고 다니면 불편한디, 이건 쉬이 사용하겄어요."

"그래, 참말로 신기하구마잉."

순득 아재가 쇠붓을 훑어보았다.

옥문은 제가 쇠붓을 만든 것처럼 뿌듯해했다. 옥문은 여송

살이가 좋았다. 일은 힘들었지만 자유롭고 풍요로움을 느꼈다. 그러다 조선에 돌아갈 것을 생각하면 가슴이 답답해졌다.

'여기선 나 같은 사람도 글과 그림을 가까이하고 일한 만큼 대접 받을 수 있는디, 조선에선 엄두도 못 내것지.'

옥문은 거리를 돌아다니다 저 멀리 우뚝 서 있는 성당을 쳐다보았다.

'천주신이 내려다보는 세상이라 그런가?'

옥문은 성당을 한 번 보고, 뒤에서 시장 물건들을 기웃거리는 순득 아재를 힐끔 보았다.

'목숨 붙이고 싶으면 천주신은 입에 올리지 말어. 성당 근처엔 얼씬도 말고.'

순득 아재의 말이 떠오르자, 옥문은 쓴웃음을 지었다.

하루하루 잘 버텨서 드디어 청국 가는 배를 알아놓았다. 뱃삯은 진즉 마련했다.

"고향 떠난 지 일 년하고 여덟 달째네. 옥문아, 그간 고생 많았다. 여기서 보낸 세월이 고달팠지만 헛일은 아니것제."

순득 아재가 연줄을 꼬며 말했다. 엎드려서 그림 그리던 옥문이 대꾸했다.

"아따, 고생은요. 아재 덕분에 세상 구경 잘 했당께요. 유구 말과 여송 말도 알아먹게 됐는디요. 뭐, 조선에선 필요 없겄지만요."

"그야 모르제! 훗날 바람 타고 여송인이 조선으로 장사 올지도 모르잖어? 세상은 점점 달라지니께."

"그런 날이 올까요?"

옥문은 지그시 눈을 감았다. 텁텁한 바람이 얼굴에 닿았다.

11

정말 집에 가도 괜찮을까?

“옥문아, 어여 일어나라잉. 오문(마카오) 관청에 가야제.”

옥문은 순득 아재가 흔드는 바람에 눈을 떴다. 눈꺼풀이 무거웠으나 차츰 간밤의 일이 하나씩 떠올랐다.

‘맞아! 열흘 동안 배를 탔고, 어젯밤 오문에 도착했제.’

“복씨가 온다 했는디…….”

순득 아재 말이 떨어지기 무섭게 문이 열렸다. 열린 문으로 햇살이 함빡 들이쳤다. 여송에서 같은 배를 타고 온 청인 복씨가 들어왔다.

“관청에 포도아(포르투갈)인이 많지만, 조선 사신단의 소식은 알 수 있을 거요.”

"오문 관청에 포도아인이 어째서 있당가요?"

옥문은 부스스한 머리를 가다듬으며 물었다. 복씨가 여송어로 자분자분 답해 주었다.

"이백오십 년 전에 포도아는 오문을 차지했단다. 조정에서 해적을 소탕한 대가로 포도아에게 오문을 넘겼어."

옥문은 종이를 둘둘 말면서 중얼거렸다.

"유구는 일본, 여송은 서반아, 오문은 포도아. 힘 센 나라들이 세상 여기저기를 다차지하네요잉."

"저들이 조선에도 쳐들어올까 걱정이구만."

순득 아재가 여송에서 가져온 쇠붓과 먹물, 종이를 보따리에 챙겨 넣었다. 그런 순득 아재를 보며 옥문은 한숨을 푹 내쉬었다.

"조선에서 저 같은 놈이 쇠붓을 써도 괜찮을까요?"

순득 아재는 옥문의 말에 대꾸하지 않았다. 관청에 가야한다며 서두르기만 했다.

복씨랑 나란히 걷던 옥문은 흰 구름이 둥둥 흘러가는 하늘을 올려다보았다.

'오문 하늘도 조선 하늘이랑 똑같네. 우리 돌이도 훌쩍 자랐

것제!'

복씨가 지름길이라며 골목으로 들어섰다. 골목 담벼락에 쥐들이 딱 붙어서 기어가고 있었다. 옥문이 발바닥을 탁탁 구르자, 쥐들은 구멍을 찾아 쏙쏙 들어갔다.

순득 아재가 그 모습을 보고 한마디 했다.

"오문에는 먹을 게 많은갑네. 쥐들도 투실투실하네잉."

골목 끝에서 꺾어 들어가자, 널찍한 마당이 나타났다. 복씨가 손가락으로 가리켰다.

"여긴 광장인데, 사람들이 모여서 생각을 나누고 법도 만들어. 가끔 잔치도 벌인다네."

"백성들이 나랏일에 콩 놔라 팥 놔라 한당가요?"

옥문은 신기해서 목을 빼고 둘러보았다. 사람들이 많이 오갔다. 그 가운에 짐을 높이 쌓은 수레가 구르고 있었다.

"우아, 길을 판판하게 닦아 놓으니 수레바퀴가 잘 굴러 가네요잉. 무거운 짐짝도 쉬이 옮기것어요."

옥문은 발바닥으로 바닥을 쓱쓱 문질렀다. 순득 아재도 발밑을 내려다보았다.

"조선 땅도 길을 잘 다듬으면 지게꾼과 가마꾼이 훨씬 수월

할 것인디. 가마 탄 양반들이야 불편을 모르니까 이런 생각도 안 하겄제."

옥문은 고개를 끄덕이다가, 하늘 높이 솟아오른 건물을 보았다.

"여송에서 본 '신묘' 하고 비슷하네요잉. 오문의 '신묘'가 어째 더 사치스러운 것 같아요."

복씨가 옥문에게 주의를 주었다. 좀 떨어진 거리에서 낯선 남자들이 옥문과 순득 아재를 힐끗힐끗 쳐다보았다.

"너처럼 똘망똘망한 소년을 잡아다가 노비로 부려먹는단다. 내 곁에 붙어 있어라."

"에이, 저도 이젠 코흘리개 꼬맹이가 아니랑께요. 열네 살이나 먹었는디요."

옥문은 코 밑에 자란 꺼슬꺼슬한 수염을 매만졌다. 새삼 먼저 떠난 사람들이 떠올랐다.

"호겸 어른과 아재들은 우이도에 도착했겄지요?"

"글제. 진즉 도착했겄제. 아마 우릴 눈 빠지게 기다릴 것이다."

순득 아재가 코를 실룩거렸다. 그리고 앞서 걷던 복씨 뒤를 재빨리 쫓아갔다.

복씨는 시장으로 들어섰다. 옥문과 순득 아재는 눈이 뱅뱅 돌아갔다. 물건도 많고, 사람도 정말 많았다.

"참으로 복닥복닥하네잉. 정신 차리지 않으면 코 베이것어."

시장에는 알록달록한 과일과 채소, 그리고 생선들이 널려 있었다. 길가에 내놓은 큰 솥에서 죽이 끓어올라 고소한 냄새가 났다. 옥문의 뱃속에서 꼬르륵 소리가 났다.

순득 아재는 쓸 만한 물건을 찾느라 눈동자를 연신 굴렸다.

옥문은 생닭을 매달아 놓은 가게 앞에서 걸음을 멈췄다. 사람들이 모여 웅성거리고 있었다. 무슨 일일까 싶어 옥문은 틈을 헤집고 들어가 보았다.

"앗!"

거북이 한 마리가 커다란 통에 담겨 있었다. 거북은 눈을 뜬 채 죽어 있었다.

언제 왔는지 순득 아재도 옥문이 옆에 선 채 이마를 찌푸렸다.

"허어, 바다 영물을 잡다니! 백 년 이상 살았것는디. 용왕님이 노하것다잉."

'거북이 죽은 걸 보았으니 불행한 일이 생기면 어쩌지?'

옥문은 거북 본 것을 잊으려는 듯 머리를 세차게 흔들었다.

"다들 배가 고파서 힘이 없구려. 금강산도 식후경이니 저기로 갑시다."

복씨는 고기 냄새가 풍기는 골목으로 옥문과 순득 아재를 데려갔다.

기분이 착 가라앉았던 옥문은 맛있는 냄새에 침을 꼴깍 삼켰다. 금세 흥분하여 조선 말로 떠들었다.

"아, 고기 냄새가 사람을 잡네요잉. 뭔 고기당가요? 어여 먹고 싶은디요."

"어여. 머꼬. 시픈디요."

복씨가 조선 말 흉내를 내며 껄껄 웃었다. 그리고 가게 앞 의자에다 옥문을 앉혔다.

"오문엔 육포 가게가 널려 있어. 여러 나라 뱃사람들이 오문에 들러서 비상식량인 육포를 꼭 사간단다."

'조선에선 구경도 못하는 쇠고기와 돼지고기를 말려 팔다니!'

옥문은 혀를 내밀어 입술을 핥았다.

복씨가 육포를 샀다. 금전을 내밀었더니, 은전 여러 닢으로 거스름을 받았다.

순득 아재와 옥문은 복씨의 손을 뚫어져라 살피고 서로 눈짓을 주고받았다.

'조선엔 상평통보 하나인데, 오문의 돈은 여러 개로 나눠져 있당께요.'

'그렇구나. 신기하다잉.'

의자에 앉은 순득 아재는 육포를 쭉 뜯어서 질겅질겅 씹었다. 그리고 혼잣말하듯 중얼거렸다.

"돈이 여럿이면 셈을 어떻게 한당가?"

옥문은 육포에다 코를 들이대고 킁킁 냄새부터 맡았다.

"야옹, 야옹!"

근처에서 고양이 한 마리가 슬금슬금 다가왔다. 포동포동하고 털도 가지런했다.

복씨가 육포 쪼가리를 던져주었다. 고양이는 잽싸게 육포를 낚아채더니 느긋하게 걸어갔다.

"아, 오문의 고양이가 부럽네요."

멀어지는 고양이를 바라보던 옥문은 찍찍 소리를 들었다. 발아래 하수구에서 쥐들이 오종종히 얼굴을 내밀고 있었다.

'쥐 덕분에 왕이 된 젓머슴 이야기가 떠오르네잉. 선물뿐 아니라 두둑한 배짱으로 버텼기에 왕이 됐것제.'

옥문은 육포 쪼가리를 하수구 앞에다 툭 던졌다. 눈 깜짝할 사이에 육포는 사라지고 없었다.

옥문 일행은 허기를 채우고 관청으로 발길을 옮겼다. 포도아인들은 친절했지만, 복씨의 입을 빌려 순득 아재와 옥문에 대해 꼬치꼬치 캐물었다. 순득 아재는 땀을 뻘뻘 흘렸다. 옥문도 제 이름까지 쓰고 나서야 끝이 났다.

"쇠붓도 써 봤고, 이름자라도 알았으니 다행이네. 망신살은 피했당께."

순득 아재가 숨을 몰아쉬었다. 옥문도 이마에 흐르는 땀을 손등으로 훔쳤다.

오문에 머물면서 순득 아재는 쌀을 팔았다. 옥문은 원하는 사람들의 초상화를 그려 주었다. 복씨가 도와줘 여송보다 돈 벌기가 수월했다.

옥문은 솜씨가 좋아 그림이 날로 인기를 얻었다. 일부러 찾아오는 이도 더러 생겼다.

석 달쯤 지났다. 하루는 순득 아재가 소리치며 들어왔다.

"옥문아, 옥문아. 슬슬 떠날 채비해라잉. 사신단이 며칠 뒤에 북경에 온단다. 복씨도 제 일처럼 기뻐하더구만."

순득 아재의 들뜬 목소리에도 옥문은 아무런 대답이 없었다. 종이와 쇠붓만 만지작거렸다. 빳빳한 종이에서 삭삭 소리가 났다.

순득 아재가 부산을 떨다가 옥문을 게슴츠레 바라보았다.

"뭔디? 왜? 혹시 떠나기 싫으냐? 복씨가 한 말 땜에?"

복씨는 옥문의 그림을 늘 칭찬했다. 가느다란 손가락으로 세밀하게 그린다며 으뜸이라 추켜세웠다.

"유명 화가가 널 제자로 키우고 싶다더라. 오문에서 그림 그리며 사는 건 어때?"

순득 아재도 함께 들었는데 예사로 넘겼었다.

"조선에 가면 지금처럼 살지 못……."

옥문은 말을 잇지 못했다. 순득 아재가 말꼬리를 잘랐다.

"혹시 유구나 여송에서도 남고 싶었냐?"

옥문은 잠자코 있었다. 대갓댁 양자로 부르던 일, 쇼하시랑 외국살이 하고 싶었던 것, 여송에서 장사 재미가 붙었던 것까지 차례로 떠올랐다. 괜스레 눈물이 쑥 나왔다.

순득 아재가 차분하게 말했다.

"울긴 왜 우냐! 너는 기억력도 좋고, 눈썰미가 매워서 어디서든 잘할 거랑께. 네 삶이니 알아서 결정해라잉."

순득 아재는 이부자리를 툭툭 치고 펼쳤다.

"오문에 눌러 앉아도 좋제. 조선에 가봐야 홍어잡이밖에 더 하것냐? 이번엔 운이 좋아 목숨을 건졌다만, 다음번에 또 어찌될지 누가 안다냐. 아무도 모르는 법이제. 뱃일은 목숨 내놓고 해야 쓴께……."

순득 아재는 자리에 눕자마자 돌아누웠다. 어렵게 말을 꺼냈지만 옥문의 마음 한 구석은 몹시 찜찜했다.

날이 밝아오자 옥문은 순득 아재를 대하는 게 껄끄러웠다. 순득 아재는 모른 척했다. 다행히 옥문을 찾아온 소년 때문에 분위기가 조금 누그러졌다.

순득 아재가 소년을 알아보고 물었다.

"저번에 초상화 심부름 왔던 아이구만. 오늘은 뭔 일이랑가?"

옥문 또래인 소년은 오문 사람 같지 않았다. 미적거리던 소년은 띄엄띄엄 말했다.

"내, 얼굴, 해 줄 수 있어? 그림으로."

옥문이 순득 아재를 한번 보고 고개를 끄덕였다. 그제야 소년은 천천히 까닭을 말했다.

"포도아, 돈 벌러 왔어. 가족들, 보고 싶어. 집 안 가. 참을 거야."

가만히 듣던 순득 아재가 소년의 말을 잘랐다.

"근디, 초상화는 어디다 쓰려고?"

"나중에, 보여 줘. 가족들이 몰라. 나 많이 크면."

"긍께 네가 훌쩍 자라면 가족들이 몰라볼까 봐 네 얼굴을 그려 달란 말이지? 허, 그 놈, 참……."

순득 아재는 혀를 찼다. 소년의 말에 옥문은 고개를 툭 떨궜다.

다음 날, 순득 아재는 남은 쌀을 팔기 위해 길을 나섰다. 옥문과 복씨도 따라갔다. 쌀 포대를 짊어지고 가는데 소나기를 만났다. 세 사람은 잎이 넓은 나무 아래로 피했다. 비가 그치길 기다리는데, 짤막한 키에 눈이 옴팡한 두 명의 사내가 다가왔다.

사내들은 순득 아재 얼굴에다 손가락을 들이대며 마구 떠들었다. 처음 들어본 낯선 말이었다. 옥문은 복씨를 쳐다보았다.

"어느 나라 말이당가요? 왜 우리한테 삿대질한대요?"

"허, 그것 참……."

복씨가 혀를 끌끌 차며, 씩씩대던 그들의 말을 옮겨주었다.

"이들은 안남(베트남)인인데, 삼 년 전 여송인들과 함께 뱃길에 나섰다가 거센 바람을 만나 조선으로 밀려갔다는군. 물과 식량을 얻으려고 다섯 명이 섬에 내렸는데, 둥근 모자를 쓴 사람들이 창과 칼을 들이대며 잡아갔다네. 무섭고 놀라서 그들을 버려둔 채 도망 왔다고 하네."

순득 아재가 혀를 찼다.

"저런! 어느 섬의 소행일랑가? 근디 왜 우리한테 따지냐고 물어봐주쇼."

복씨가 묻고 다시 알려주었다. 그들 눈에는 눈물이 그렁그렁했다.

"자기네는 조선에 잡혀 있는 동료들의 생사도 모르는데, 조선인인 자네들은 쌀장사로 이익도 남기고 그림도 내다 판다니 울화가 터졌다는군. 바다에서 길을 잃으면 잘 대접해서 돌려보내는데, 조선만 그러지 않았다고 하네."

옥문은 눈동자를 요리조리 굴렸다. 순간, 제 이마를 탁 쳤다.

"아, 생각났구만요. 제 기억이 맞는지 모르것지만 소금장수 아재한테 얼핏 들었당께요. 검댕이 묻은 것처럼 시커먼 살갗을 가진 사람들이 제주에 왔는디, 말이 통하지 않았다던디요."

"허, 참! 말이 안 통해서 고향에 못 간다는 게 안타깝네잉. 우리는 가는 곳마다 여러 사람 도움을 받아 고향으로 가는 중인디, 참으로 짠하네."

순득 아재는 안남인들에게 머리를 숙였다. 옥문도 따라했다. 그제야 안남인들도 휘젓던 손짓을 멈추었다.

"조선에 있는 여송인들이 고향으로 돌아가길 기도하것소."

순득 아재 말을 복씨가 전해주었다. 안남인들은 코를 휑 풀었다. 이어서 잘 가라며 자리를 떴다.

'기다리고 있것제잉…….'

옥문은 눈앞에 돌이 얼굴이 마구 어른거렸다. 차가운 물을 마신 것처럼 정신이 번쩍 들었다. 순득 아재와 눈이 마주쳤다. 또 눈물이 왈칵 쏟아졌다. 순득 아재가 옥문의 등을 쓰다듬어주었다.

며칠 뒤, 가족처럼 지내던 복씨와 헤어졌다. 복씨는 옥문을 안으면서 귀에 대고 말했다.

"너는 특별한 사람이야. 재주도 많고, 외국말도 금방 배울 만큼 영특해. 뭘 하든 세상을 밝히는 사람이 될 거다. 항상 널 위해 기도하마."

"음꺼이.(고맙습니다.)"

옥문은 오문 말로 짤막하게 대답했다. 복씨는 환하게 웃으며 마차를 가리켰다.

"자네들이 말을 못 탄다니까 관청에서 마차를 내주었네."

옥문과 순득 아재는 청나라 광동과 난징을 거쳐 북경에 도착했다.

청명한 바람이 불어 오는 사월, 옥문과 순득 아재는 조선 사신단을 만났다. 그리고 여섯 달째 여관에서 머물렀다.

하루 일을 끝낸 순득 아재가 술잔을 앞에 두고 흐뭇하니 웃었다.

"목탄으론 잘 그려지느냐?"

"아이 참, 목탄이 아니고 목필(연필)이랑께요. 조선에 가면 목필을 만들어 팔까 봐요."

그림 그리던 옥문이 대꾸했다.

"양반들이 쇠붓이나 목필로 글공부 하것냐?"

"이건 정말 편하고 좋은디요. 장부에 기록할 때도 수월하고. 양반들이 안 쓰믄, 저 같은 상것이라도 쓸 수 있으면 좋것네요잉. 아예, 양반 상놈 할 것 없이 누구나 목필과 쇠붓으로 공부하는 날이 오면 좋겠당께요."

옥문은 한숨을 푸욱 내쉬었다.

"양반님 앞에서는 암말 말아야 한당께. 알제? 우리가 본 세상은 조선과 한참 달라야. 그러니 입 조심해야 된다잉."

"에이, 그깟 눈치도 없당가요."

창문으로 들어온 바람에 촛불이 춤을 추었다.

"양반들은 우리가 본 세상을 못 믿것제?"

순득 아재가 술잔을 쭉 들이켰다. 옥문도 제 생각을 술술 털어놓았다.

"강한 나라가 힘없고 무지한 나라를 잡아먹는디……, 먹히지 않으려면 바다도 열고 장삿길도 넓혀야 한당께요."

"아이고, 옥문이가 세상 돌아보더니 생각이 깊어졌구마잉. 양반들도 세상 넓은 걸 알아야 할 것인디."

옥문이 어깨를 으쓱거렸다. 그림을 착착 접어서 보퉁이 안에다 집어넣었다.

순득 아재가 옥문의 손길을 물끄러미 바라보았다.

"가는 곳마다 네 재주를 인정받으니 덩달아 나도 좋았어야. 조선에 가면 화원으로 살아보는 건 어떠냐?"

"아니요. 저는 아재처럼 장사할 건디요. 조선 바닷길을 활짝 열어야 백성들 살림도 나아지고, 다른 나라랑 친하게 지내죠잉."

"그래, 열다섯 먹은 옥문이도 아는디, 나랏일 하는 양반들은 모르니 답답하다잉. 조선의 바깥세상은 모두 어울려 사는디."

"그러게요. 안남인도 여송인과 같이 장삿길에 나섰다고 했잖아요. 우리가 삼 년 가까이 조선을 떠나 있었는디, 그동안 좀 달라졌을까요?"

옥문은 검지를 쳐다보았다. 손마디에 목탄이 묻어 거뭇거뭇했다. 침을 발라 쓱쓱 문질러 닦았다. 문득 사신단 중 한 선비의 말이 떠올랐다.

"자네들의 희귀한 경험을 시로 남기지 못해 안타깝구먼. 문자를 모르는 까닭이지. 쯧쯧!"

옥문은 부아가 치밀어 올라 목필을 툭 던졌다.

"양반이면 단가! 말도 안 통해서 쩔쩔매더니만."

사신단은 청나라 말을 몰라 글로써 주고받았다. 시간이 꽤 걸렸고, 뜻과 다르게 전달되기도 했다. 그걸 보다 못해 순득 아재와 옥문이 통역을 해 주었다.

옥문의 말에 술이 거나해진 순득 아재가 큰 소리로 떠들었다.

"나를 문자도 모르는 까막눈으로 보더만. 저들이 알지도 못할 경험이 내 머릿속에 꽉 찼는디. 한낱 시 따위로 표현 못한다고 얕잡아 봐!"

옥문은 보퉁이 안에 든 그림 뭉치를 더듬거렸다.

"기죽을 것 없당께요. 우리가 본 것, 들은 것, 경험한 것들을 그림으로 그려놨고 짧은 글로 적어뒀으니 잘 써먹으면 되지라."

"그래, 그래, 네 말이 맞어야……."

순득 아재의 뒷말은 이어지지 않았다. 이내 코 고는 소리가 들렸다. 팔베개를 하고 누웠던 옥문은 조선 가는 길을 또박또박 되뇌었다.

"북경 떠나서 책문. 이어서 조선 의주를 거치고 십여 일 뒤엔 우이도."

눈앞에 우이도 하늘과 바다가 펼쳐졌다. 손을 흔들어대는 돌이가 떠올랐다. 콧등이 시큰했다. 순득 아재의 코고는 소리는 점점 높아졌다.

12

첫 번째 여송 통역관

"음, 우이도 냄새. 진짜 우이도랑께요!"

옥문은 가슴이 벅차올랐다. 눈물이 왈칵 쏟아졌다.

"삼 년하고 두 달 만에 제자리로 돌아왔구만. 꿈은 아니것제?"

순득 아재가 선착장에 발을 디디며 그리웠던 풍경을 쓱 둘러보았다. 소식을 들은 식구들이 헉헉 달려왔다.

돌이는 옥문의 허리께를 붙잡고 꺽꺽 울었다. 숙모는 똑바로 쳐다보지 못했다. 치마를 들고 눈물만 찍어댔다. 작은아버지는 바닥에 주저앉아 통곡했다.

"죽어서 네 아버지를 뭔 낯으로 볼까 싶었는디. 살아 돌아와 다행이여. 흑흑!”

옥문은 작은아버지를 일으켜 세웠다. 작은아버지는 옥문의 얼굴을 이리저리 매만졌다.

“몸은 괜찮냐? 어디, 좀 보자. 청년이 다 되어부렀네. 무사히 돌아와서 고맙다, 고마워.”

“돌이를 돌봐주셔서 고맙습니다.”

옥문은 넙죽 절부터 올렸다.

“형아, 보고 싶어서 죽을 뻔 했당께. 날마다 선착장에 나와서 기다렸는디.”

옥문은 눈물을 흘리는 돌이의 볼을 닦아주었다. 그리고 꼭 껴안아주었다.

순득 아재도 가족들이랑 부둥켜안으며 눈물바다를 이뤘다. 소금장수와 호겸 어른도 함께 울었다.

소금장수는 옥문과 순득 아재를 얼싸안았다.

“여송에 남겨 두고 와서 정말 미안하다잉. 우리가 잠든 사이에 배를 띄웠더라고.”

“일찍 와서 잘 쉬었나보네. 얼굴이 훤하니 좋은디. 허허.”

짓궂게 말하던 순득 아재가 가슴을 활짝 젖히며 웃었다.

"우리 뜻대로 움직이지 않는 게 바닷일인디, 다시 만났으니 얼마나 다행이여."

호겸 어른이 고개를 주억거렸다. 옥문도 배시시 웃었다. 수많은 일들이 천천히, 천천히 지나갔다.

소금장수가 어깨를 으쓱거렸다.

"콧물을 훌쩍이던 녀석이 의젓한 사내가 되었구만. 키도 쑥 자란 것 같고 팔뚝도 굵어졌고. 배짱 하나로 살아낸 젖머슴만큼 멋지다잉. 하하!"

옥문은 어깨를 으쓱거렸다. 그리고 고개를 빼고 두리번거렸다.

"무청 아재랑 중원 아재는요?"

"그것이…, 희한해야! 청나라에 도착하자, 무청이 말을 배우더니 장사를 했당께. 쏠쏠하니 재미를 보더만 청나라에 눌러앉았다잉. 중원이 놈도 따라 붙었고."

"두 아재가 청나라에 남았다고요?"

옥문은 깜짝 놀라서 저도 모르게 소리쳤다. 호겸 어른이 이어서 대답했다.

"무청이 여송에서 너랑 헤어지고 눈물을 찔끔찔끔 흘렸어야. 구박만 한 게 마음에 걸렸을 것이여. 청나라 말을 배우면서 옥문이 네가 얼마나 똑똑했는지 알겠다고 하더만."

옥문은 뒷머리를 긁적이며 어색하게 웃었다.

온 마을이 옥문과 순득 아재 이야기로 들썩거렸다. 손암 선생도 몹시 기뻐했다.

들뜬 마음이 가라앉을 무렵, 손암 선생이 옥문을 불렀다. 옥문은 조심스레 마루로 올라앉았다. 방에는 순득 아재도 와 있었다.

"잘 쉬었느냐?"

"며칠 동안 죽은 듯 잠만 잤당께요. 저어기, 뭔 일로 부르셨당가요?"

옥문이 공손히 물었다. 손암 선생은 마당 너머 보이는 바다에 눈길을 두었다.

"자네들도 알다시피 내 아우는 강진에 유배 중일세. 그 아우가 당장 달려와 자네들을 만나고 싶어 한다네."

"옛?"

옥문은 숙였던 얼굴을 훽 들었다. 순득 아재는 흐트러진 자세를 고쳐 앉았다.

"아우님은 돌아가신 임금님의 신임을 받을 만큼 똑똑한 분이라 들었는디요. 그런 분이 바람에 떠밀려 다닌 저희를 어째 보고자 하시는디요?"

"아우랑 나는 다른 나라 소식을 책으로만 접하니 답답할 때가 많다네. 자네들이 보고 온 세상과 어떤 차이가 있는지 알고 싶으이."

엉덩이를 옴짝옴짝하던 옥문이 용기를 내어 물었다.

"저기, 양반님들이 보는 책에는 뭐가 적혀 있당가요? 천주신 이야기도 있겠지요?"

손암 선생이 빙그레 웃었다. 그리고 책상 위에 올려 둔 책의 겉장을 쓰다듬었다.

"자네들이 몸으로 이해하는 걸 양반들은 글로 깨닫지. 하지만 글로 아는 게 어디 온전히 아는 거라 하겠는가. 천주신 또한 서양인들의 생각과 행동을 알고자 책으로 만났다네. 그 덕에 물고기 연구를 시작했고, 경험이 몹시 중요하다는 걸 느꼈지. 옥문이한테 배운 것도 많았고."

"아, 전에……. 바다로 뛰어들었던 것은 '물고기 사전' 때문이었당가요."

옥문이가 마당을 내려다보았다.

“삼 년도 훨씬 지난 일을 또렷이 기억하는구나!”

옥문을 칭찬하는 손암 선생에게 순득 아재가 말했다.

“옥문이 재주가 비상하당께요. 외국 말도 빨리 배우고, 그림 재주를 알아본 사람이 제자로 키우고 싶다 하더만요. 번뜩이는 생각은 어찌나 기가 막히던지요. 아마 표류하면서 겪은 일을 옥문이한테 물어보시면 재밌게 술술 풀어 줄 거랑께요.”

옥문은 민망해서 마루에 새겨진 나뭇결만 문질렀다. 그러다 부스럭부스럭 소리에 고개를 들었다. 순득 아재가 물 자국이 얼룩덜룩 보이는 종이 뭉치를 내밀었다.

“요 그림은 옥문이가 그렸고, 글자 몇 개만 제가 썼는디요. 나리의 궁금증을 해결할진 모르것네요잉.”

손암 선생은 옥문과 순득 아재를 번갈아 바라보았다. 그리고 종이를 한 장씩 넘겨 보았다.

“오, 이리 귀한 걸 내놓다니! 자네들이 보고 겪은 걸 책으로 엮어도 좋겠는걸. 음……, ‘표해시말’로 제목을 붙이면 어떤가?”

“바다 표류의 시작과 끝이라는 뜻이당가요?”

옥문이 종이 뭉치를 넌지시 보면서 물었다.

손암 선생의 목소리가 커졌다.

"옥문이 네가 문자에도 눈을 떴구나. 바닷길로 낯선 세상을 돌면서 큰 걸 깨쳤어. 참으로 장하다!"

옥문은 허리를 쭉 폈다. 손암 선생의 방을 휘 둘러보았다. 탁자 위에는 옥문이가 전한 목필과 종이가 누워 있었다. 마당에는 물고기와 해초가 널려 있었다.

'아직도 '물고기 사전'을 만드시나보네. 시간이 꽤 지났을 건디. 도대체 몇 년 째지?'

손암 선생은 옥문을 빤히 바라보다가 갑자기 무릎을 탁 쳤다.

"내 정신 좀 보게. 자네들한테 제주의 '해귀'를 말하려고 불렀건만."

"해귀요?"

옥문과 순득 아재가 똑같이 물었다.

"설마, 바다귀신이겠는가? 흑산도 관리한테 들었는데, 말이 안 통하고 생김새가 영 이상한 자들을 해귀라 하더군."

"그들이 어째서 제주에 있당가요?"

순득 아재가 손암 선생 앞으로 조금 다가앉았다.

"몇 년 전 제주에 낯선 배가 도착했는데, 다섯 사람이 내렸다 하네. 어쩐 일인지 이들을 놔두고 배가 훌쩍 떠나갔고. 이들이 어디서 왔는지 말을 알아먹지 못해서 못 보내고 있다더군."

"생김새는 어떻대요?"

옥문은 낯선 곳에 닿았을 때의 무서웠던 마음이 떠올랐다.

손암 선생은 기억을 더듬으려는 듯 잠시 멈췄다가 말을 이었다.

"새파란 눈동자에 치자색 머리카락이 양털처럼 구불구불하고. 옻칠을 한 양 까만 살빛을 지녔다더구나. 몸에 털이 북슬북슬 나 있고 '막가외! 막가외!'라는 말만 내뱉는다 했어. 청나라로 보냈는데……."

"막가외는 서양인들이 오문을 부를 때 쓰는 말인 듯 싶은디, 그 뒤에 어찌 됐당가요?"

순득 아재가 다급히 묻자, 손암 선생은 안타까운 듯 고개를 저었다.

"그게 참, 청나라에서도 말이 안 통해 제주로 다시 왔다지 뭔가. 오는 길에 한 명이 죽고, 또 한 명은 제주의 풍토병에 걸려서 죽었다네."

“아이쿠! 저걸 어째!”

순득 아재가 얼굴을 찡그렸다. 풍토병으로 고생했던 호겸 어른이 떠오른 모양이었다.

때마침 옥문의 생각 줄기가 휙 뻗어나갔다.

“아, 오문에서 만난 안남인!”

“맞아!”

순득 아재도 손뼉을 탁 쳤다. 손암 선생은 어리둥절한 표정을 지었다.

“제주의 해귀는 안남인인가?”

옥문이 재빨리 대답했다.

“여송인들 같은디요. 오문에서 안남인을 만났는디, 조선에 묶인 여송인들을 돌려보내지 않는다며 우리한테 손가락질을 했당께요. 그들과 나리 말씀이 엇비슷하니 맞아 떨어져요.”

“어째서 안남인이 여송인 소식을 아는 게냐?”

“안남과 여송, 유구는 나라끼리 장사도 하고 함께 어울려 바닷길로 먼 나라를 오간답니다.”

“나라와 나라끼리 교류하면 살림이 넉넉해지지. 나라 문을 잠그고 바닷길을 막은 조선과 다르구나.”

"맞는 말씀입니다요. 당장 제주로 가서 여송인이 맞는지 알아봐야 쓰것는디요."

순득 아재가 벌떡 일어났다. 옥문도 따라 일어나며 말했다.

"여송인이든 아니든 고향으로 보내줘야 한당께요. 표류인을 묶어 두는 건 부끄러운 일인께요."

"그럼, 우리가 고향으로 돌아온 건 여러 나라의 많은 사람들이 도와준 덕분인께. 그 은혜를 이제라도 갚아야제."

마당으로 내려선 순득 아재가 먼 바다를 바라보았다. 옥문은 키 작은 순득 아재가 장군처럼 힘세고 높은 사람처럼 보였다.

"'표해시말'을 만드는 것은 다녀와서 말씀드려도 되것지요?"

"암! 급한 일부터 해치우는 게 순서지."

손암 선생이 어서 가라고 손을 내저었다.

옥문과 순득 아재가 탄 배의 뱃머리가 제주를 향했다. 바람이 시원했다.

"아재, 제주에 간 김에 한라산에서 보인다는 노인성을 찾아보고 싶어요. 우리 배가 남쪽으로 흘러갈 때 간절히 찾은 별이었응께요."

"우선 표류인부터 만나고 난 뒤에."

순득 아재가 무뚝뚝하게 대답했다.

제주에 이르자, 옥문과 순득 아재는 표류인의 소식부터 물었다. 사람들이 가리킨 곳으로 찾아갔더니, 그들은 마구간에서 말똥을 쓸어내고 있었다. 축 늘어진 어깨에 너덜너덜한 누더기를 걸쳤고, 얼굴은 앙상하니 말라 보였다.

"꾸무스따 까!(안녕하세요!)"

옥문이 여송 말을 건넸다. 말 한 마디에 그들의 눈이 휘둥그레졌다. 옥문이 앞으로 달려오더니 손을 내젓고, 발을 굴리며 숨도 쉬지 않고 연달아 떠들었다.

"우린 여송인이요. 제발 도와주시오. 말도 안 통하는데, 일을 시키고 붙잡아 두는 건 옳지 않소. 같이 왔던 동료가 두 명이나 죽었소. 제발 고향으로 보내 주시오."

순득 아재가 여송 말로 달래주었다. 그 말에 여송인들은 미친 듯 울부짖었다. 쿵쿵 뛰고, 가슴을 주먹으로 퍽퍽 때렸다. 말이 통하지 않던 갑갑함이 한꺼번에 터진 것 같았다. 바닥에 엎드려 울어대자 옥문도 함께 흐느꼈다.

순득 아재가 웅크린 여송인을 일으켰다. 그는 눈물범벅인 채 말을 했다.

"내가 떠나올 때 아내는 아기를 가졌었어요. 지금쯤 아기가 태어났을 건데, 나는 조선에 묶여 있어요. 아내는 내가 죽었다고 여길 거예요."

다른 여송인도 자신의 말을 들어달라며 앞다퉈 다가왔다.

순득 아재가 오른손을 척 들어 보이며 여송 말로 크게 말했다.

"당신들이 여송인이라는 걸 관청에 알리고 집에 가도록 도울텐께, 희망을 버리지말고 기운 내쇼잉."

여송인들은 서로 부둥켜안으며 와 소리를 질렀다. 옥문도 가슴이 뜨거웠다.

마음이 조금 가라앉자, 옥문이가 손가락으로 멀리 떨어진 한라산을 가리켰다.

"저기 보이는 산은 한. 라. 산. 이에요."

"한. 라. 산!"

눈물범벅인 여송인들은 영문도 모르고 또박또박 따라 말했다.

"제주에서는 노인성이란 별을 볼 수 있는디, 그 별에다가 간절히 기도하면 소원이 이뤄진답니다."

여송인들이 누런 이빨을 드러냈다. 연신 허리를 굽혔다.

순득 아재가 코를 힝 풀며 옥문에게 물었다.

"저들이 고향에 가면 조선을 어찌 말할 것 같으냐?"

"말이 안 통해서 고생할 적에, 간절함으로 기도했더니 여송 말을 알아먹는 천사가 뿅 하고 나타났다고 할 것 같은디요."

"하하! 녀석, 인자 말솜씨도 늘었구만."

순득 아재가 환하게 웃었다. 옥문은 침을 꿀꺽 삼키며 말했다.

"아재는 조선의 첫 번째 여송 통역관이당께요."

"뭔 말이냐! 나는 많이 까먹었제. 진짜 여송 말은 네가 다 했으니, 조선의 첫 번째 여송 통역관은 김. 옥. 문. 바로 너여!"

"아이고, 아니랑께요."

옥문은 손사래를 치며 자리를 벗어났다.

숨을 들이켜던 옥문은 말똥 냄새 나는 마구간을 들여다보았다. 문틈에 쥐 한 마리가 웅크리고 있었다. 옥문과 눈이 마주쳐도 달아나지 않았다. 새카만 눈동자로 빤히 쳐다보았다.

"웬 쥐생원이지?"

순간, 옥문은 젖머슴이 꾸었다던 꿈이 떠올랐다.

'꿈꾸는 대로 이뤄지는 세상이 열렸으면 좋겄당께. 내가 한 번 열어 볼까나?'

옥문은 허공에 대고 커다랗게 웃었다. 때마침 불어온 바람에 옷고름이 날렸다. 손바닥을 내밀자, 홍어잡이 나섰다가 만났던 세상이 차례로 떠올랐다.

"유구, 여송, 오문. 그리고 청나라와 조선."

낯선 세상에서 맞았던 바람의 감촉까지 느껴졌다. 온몸이 찌릿찌릿했다.

"항상 바람이 불어오는 것처럼, 꿈꾸는 세상은 반드시 다가올 거야."

옥문은 숨을 크게 들이마셨다.

작가의 말

우이도 소년이 만난 바다 너머 세상

우리 삶은 바닷길로 나아가는 것과 같습니다. 목표를 향해 노를 젓지만, 파도와 바람에 쉽게 흔들리지요. 때때로 생각지 못한 먼 곳으로 흘러가기도 합니다. 당혹스럽지만, 새로운 운명에 눈을 뜨면 더없이 신나는 삶이 펼쳐지기도 하지요.

어느 겨울날, 저는 찬바람에 밀려가는 뗏목처럼 흐르고 흘러 서쪽 바다의 작은 섬 우이도에 발을 내디뎠습니다. 그곳에서 여태 몰랐던 소년 옥문과 문순득 아저씨와 섬사람들을 만났지요. 이들은 19세기 초, 조선 시대를 살았습니다.

이야기꾼 옥문은 자신이 살던 세상 이야기를 조곤조곤 들려주었어요. 태어날 때부터 정해진 신분. 꿈 이야기조차 함부로 내뱉지 못하고, 바닷길까지 꽉 막아 둔 이야기를 죄다 풀어 놨어요. 오늘날 우리가 사는 세상과의 차이를 느꼈나요?

이제는 신분의 고하가 없어졌고, 누구든 당당하게 꿈을 말할 수 있지요. 옥문이가 있었다면 눈을 댕그랗게 뜨고 부러워할 세계입니다. 그런데 이곳도 갑작스런 바람과 파도가 몰아쳤습니다. 벌써 일 년이 넘도록 감염병이 세상을 뒤덮었네요. 아이들은 학교도 못 가고, 친구도 못 만나고, 자유로이 누리던 일상이 다 뒤집어졌어요. 두려운 세상입니다. 우리 삶에 퍼져 있는 감염병을 보고 옥문은 무어라 이야기할까요?

만약 옥문이가 홍어잡이를 무사히 다녀왔다면 그냥저냥

살았을지도 몰라요. 태풍을 만나 바다에 표류하면서, 낯선 세상에 떨어지면서, 옥문은 자신의 자질을 깨닫게 되었습니다. 위기 속에서 자신의 힘을 발현시킨 것입니다.

글도 모르던 까막눈 옥문은 낯선 세상에 살아남기 위해 외국어를 익히고, 사물을 허투루 보지 않으며, 자연 속에서 지혜를 얻고자 했습니다. 그러한 노력은 살아남기 위한 삶에서 즐거움이 있는 생활로 서서히 변모했지요.

우리 삶에 바람은 항상 불어옵니다. 그 바람에 우리 생활은 끊임없이 달라져요. 바람을 이겨내려면 어떡해야 할까요? 바람처럼 우리도 자유롭게 흐르는 거예요. 지금 내가 서 있는 낯선 세상에 겁먹고 딱딱하게 서 있을 게 아니라, 살아내기 위해 바람처럼 흘러가듯 이겨내는 겁니다.

어린 옥문의 표류 이야기가 여러분의 삶에 또 다른 바람을 일으키면 좋겠어요. 이것이 옥문의 이야기를 쓴 저의 바람입니다.

- 자유로운 세상을 맞이하고픈, 이상미 -